AF481975

LE COULOIR DES ÂMES

roman

© Julie JKR, novembre 2015
ISBN : 979-10-95577-01-0

Création graphique : Anne Chevalier
Photo : © Sandra Cunningham/Shutterstock

JULIE JKR

LE COULOIR DES ÂMES

roman

Remerciements

Aux deux plus belles choses qu'il m'ait été donné d'avoir : ma famille et l'amour de ma vie. Vous avez toujours été à mes côtés durant cette aventure. Vous ne m'avez jamais laissé tomber. Pour tout ce que vous avez fait pour moi, je ne vous remercierai jamais assez.

Mention spéciale à mon père, qui m'a aidée à concrétiser mon rêve.

À Laurent Bettoni, sans qui mon roman ne serait pas ce qu'il est aujourd'hui. Merci de m'avoir accompagnée du début à la fin dans l'élaboration de mon premier livre.

À tous ceux qui m'ont soutenue et encouragée.
Merci de croire en moi.

« Elle se disait que les choses
ne pouvaient pas être pires…
mais elles peuvent toujours le devenir,
et bien souvent elles ne s'en privent pas. »
(Stephen King, *Docteur Sleep*.)

1

Claire Porter avait grandi à Staten Falls, dans le Montana, une petite ville dans laquelle tout le monde se connaît. Ses grands-parents y avaient toujours habité, et elle aimait y vivre. Elle n'avait jamais voyagé ni séjourné ailleurs, mais cela ne la dérangeait pas, elle était bien chez elle. Elle n'avait pas eu une enfance comme les autres. Rapidement, elle avait été élevée par sa grand-mère, Millie, sans avoir eu la chance de côtoyer son grand-père très longtemps. Il les avait quittées trop tôt. Quant à son père, il avait fui ses responsabilités sans laisser de traces, bien avant la naissance. Du moins était-ce la version qui circulait. Sa mère, Constance, avait mystérieusement disparu alors que la fillette était âgée de 10 ans ; Claire avait à présent 18 ans. Elle se disait que, côté famille, elle n'avait pas été gâtée.

Elle pensait souvent à sa mère et se posait tout un tas de questions à son sujet. Deux revenaient principalement. Que lui était-il arrivé ? Où se trouvait-elle ?

Il lui avait été douloureux de songer que son père n'avait pas voulu d'elle, mais plus douloureux encore d'imaginer qu'elle ne reverrait jamais sa mère. Néanmoins, Claire avait réussi à surmonter sa douleur grâce à Millie, qui avait joué pour elle – et qui jouait encore – le rôle de Constance. Malgré tout, certains jours, l'absence de sa mère se faisait plus pesante. Elle se devait de l'occulter, pour son bien et celui de Millie, car sa grand-mère souffrait également de ce manque, c'était une évidence. Devoir vivre avec l'idée de ne plus revoir son enfant, c'était insupportable, alors Claire gardait le silence.

Le souvenir de cette journée était ancré en chacune d'elles. Claire avait remarqué une certaine différence dans l'attitude de sa mère quelques semaines avant sa disparition, elle était comme préoccupée, songeuse. Le lundi 24 janvier de l'année 2005, ses doutes s'étaient confirmés, sa mère n'était pas rentrée ce soir-là.

Millie avait commencé à s'inquiéter, Constance avait une heure de retard et elle n'avait donné aucune nouvelle, quelque chose n'allait pas, elle le sentait. Sa fille était partie pour le week-end et elle devait être de retour dans la soirée du lundi. Elle n'avait donné aucun détail sur sa destination, ni précisé si elle serait accompagnée. Millie n'avait donc aucun moyen de savoir où elle était, ni même chez qui se renseigner. Qu'avait-il bien pu se passer ? Constance n'avait pas pour habitude de laisser sa mère dans l'ignorance, surtout pas avec sa petite-fille qui l'attendait à la maison. Millie ne parvenait pas à faire le vide dans sa tête, trop de questions sans réponses s'y bousculaient.

Après plusieurs heures d'attente et d'angoisse, sa décision était prise, il fallait qu'elle contacte la police.

Au bout du fil, son interlocuteur lui annonça froidement que les recherches ne pouvaient débuter qu'après un délai de 24 heures, sa fille étant majeure. Il était possible qu'elle ne soit tout bonnement pas rentrée, sans pour autant avoir disparu, c'était souvent le cas dans ce genre d'affaire. Millie avait déjà passé la soirée à se ronger les sangs et elle comprenait à présent que son calvaire ne faisait que commencer. Comment allait-elle faire pour annoncer à Claire la disparition de sa mère ? Elle ne voulait pas la voir souffrir, même si elle savait que ce serait le cas. Lui cacher la vérité pour le moment était la meilleure décision, mais ses différentes tentatives n'avaient pas l'air de fonctionner, Claire sentait qu'il se passait quelque chose. Le comportement de sa grand-mère était étrange, elle faisait les cent pas autour du téléphone et paraissait inquiète, la petite fille en était certaine, elle lui dissimulait des informations. Millie se sentait observée par Claire, cela ne faisait qu'accentuer la difficulté qu'elle avait à garder la vérité pour elle, il lui fallait se résoudre à lui dire. Après avoir fait le tour de la question, elle prit son courage à deux mains et emmena Claire jusqu'au salon. Elle lui révéla les choses avec douceur, même si elle était consciente que la nouvelle était terrible à entendre. Voir le chagrin dans les yeux de Claire et ressentir la peine dans son cœur, c'en était trop, Millie craqua.

La nuit qui avait suivi, avait été difficile pour Claire, et ce malgré la présence de sa grand-mère. Elle n'avait pas cessé de pleurer et de réclamer sa mère, elle voulait ardemment qu'elle revienne. Millie devait se montrer forte, mais voir sa petite-fille dans un tel état de désespoir, c'était douloureux. Il fallait que le jour se lève, que cette horrible nuit prenne fin, pour qu'elle puisse enfin agir. Ce cauchemar ne pouvait plus durer.

La journée avait été longue, les heures n'avançaient

pas, le temps était comme figé. Les yeux rivés sur l'horloge, Millie s'impatientait. Lorsque les aiguilles annoncèrent 18 heures, elle se rua sur le téléphone pour appeler la police, les vingt-quatre heures étaient passées. Son discours était incohérent, trop rapide, et l'agent au bout du fil ne comprenait pas un traître mot de ce qu'elle disait. Elle reprit lentement son calme et lui expliqua les raisons de son appel. Il l'invita à se rendre au poste de police pour qu'elle puisse y faire sa déposition, mais il était impensable pour Millie de laisser Claire seule à la maison. Elle lui expliqua le problème, celui-ci, compréhensif, la rassura, quelqu'un passerait chez elle au plus vite.

La tension était palpable dans la maison, les visages étaient crispés. Ce n'est qu'au moment où l'on sonna à la porte que l'ambiance changea. Millie ouvrit rapidement à l'officier qui se tenait sur le perron.

Lorsqu'ils furent installés, elle lui raconta tout ce qu'elle savait, autant dire pas grand-chose. Il prit des notes tout en l'écoutant attentivement. Il avait bien vu la tristesse dans les yeux de la petite fille, et malgré ce qu'il savait dans ce genre de situation, il mesurait ses paroles. Il ne voulait pas qu'elle perde espoir. Avant de quitter les lieux, il confia à Millie que, malheureusement, dans certains cas, les personnes disparues n'étaient pas retrouvées. Ces dernières paroles l'assommèrent. Elle avait conscience de la dure vérité de ces mots mais elle ne s'était pas préparée à les entendre. De plus, le peu d'information en sa possession n'aiderait pas beaucoup les policiers. Si elle était dans le flou, ils le seraient aussi. Lorsqu'elle referma la porte, les pleurs envahirent la maison.

Trois mois s'étaient maintenant écoulés depuis la

disparition de Constance. Les recherches n'ayant rien apporté de nouveau, les autorités avaient dû suspendre l'affaire en attendant d'autres éléments. En clair, pour Millie, ils abandonnaient, tout simplement. Elle ne pouvait se résigner à cette conclusion, il ne fallait surtout pas que les gens oublient sa fille.

Pour ce faire, elle avait organisé une veillée, où les proches ainsi que des anonymes avaient répondu présents. La maison commençait à se remplir, à reprendre vie peu à peu, l'ambiance semblait moins tendue. Malgré tout, Claire ne comprenait pas bien pourquoi les gens fixaient tristement sa grand-mère. Il ne faisait aucun doute pour la petite fille que sa mère reviendrait. Toute la journée avait été ponctuée de sourires crispés, de visages figés et de sanglots étouffés. Claire n'était pas à l'aise, elle se sentait comme écrasée par le poids de la compassion qui emplissait la maison, il fallait qu'elle s'isole.

Elle était partie s'installer sur la balancelle, dans le jardin, elle ne souhaitait qu'une seule chose, devenir invisible. Seule dans son coin, elle laissait couler quelques larmes sur ses joues. Elle ne remarqua la présence du jeune garçon que lorsqu'il posa une main sur son épaule et qu'il lui dit :

— Ne sois pas triste, ça va aller, tu verras !

Il s'était assis à ses côtés. Claire ne savait pas qui il était, ni même depuis combien de temps il était là, mais elle s'en fichait. Elle ne pouvait l'expliquer, mais être en sa compagnie la réconfortait. Ils étaient restés là un moment, lui à parler et elle à l'écouter. Elle ne pleurait plus ; elle souriait, maintenant.

— Je m'appelle Lucas, et toi c'est Claire ?

Après des heures de silence, elle ouvrit enfin la

bouche.

— Oui, c'est bien ça.

Ils passèrent le reste de l'après-midi à discuter. Claire se sentait apaisée, elle n'avait plus éprouvé ce sentiment depuis longtemps. À aucun moment, elle n'avait imaginé pouvoir se faire un ami dans ces circonstances, mais elle était heureuse que ce soit le cas.

Claire avait eu du mal à voir Lucas partir, elle avait voulu qu'il reste encore, car elle savait ce qui l'attendait : le silence, la solitude, l'impression d'une maison vide. Elle s'était sentie oppressée au milieu de cette foule, aujourd'hui, et la présence de Lucas avait été une délivrance.

Une fois les derniers invités partis, Millie et Claire se retrouvèrent de nouveau seules. Une promesse avait été faite ce jour-là : ne jamais perdre espoir et être toujours présente l'une pour l'autre, et ce, quoi qu'il puisse arriver.

2

Au fil des années, Claire avait appris malgré elle, à vivre avec l'absence de sa mère, le soutien inconditionnel de Millie y était pour beaucoup. L'espoir ne les avait jamais quittées, et la vie avait suivi son cours.

Claire avait mûri et était devenue une belle jeune fille. Elle remarquait l'air triste dans les yeux de Millie lorsque celle-ci la regardait. La ressemblance avec Constance était devenue de plus en plus évidente, de longs cheveux blonds, de grands yeux d'un bleu azur. Son visage était celui d'une jeune femme, son corps avait subi des transformations, elle n'avait plus rien d'une petite fille, désormais. Tous les changements qui s'étaient opérés en elle et sur elle l'avaient pas mal déroutée au début, mais à présent une certaine assurance se dégageait d'elle. Sa grand-mère l'avait regardée évoluer, s'affirmer, acquérir la confiance nécessaire pour avancer. Il émanait de Millie une immense fierté lorsqu'elle la voyait s'épanouir. Malgré les aléas de l'existence, Claire avait réussi à devenir comme toutes les autres jeunes filles de son âge, mais plus important encore, elle avait commencé à vivre.

Claire s'interrogeait souvent sur le comportement

de certaines personnes à son égard. Pourquoi les garçons la regardaient-ils avec insistance ? Pourquoi les filles étaient-elles jalouses de son apparence ? Elle n'avait rien fait pour, mais elle ressentait une certaine animosité de la part des autres. Elle avait souvent pensé que l'amour, l'amitié et la haine étaient des sentiments tellement différents mais pourtant tous liés, d'une certaine manière. Toutes ces réflexions la perturbaient, elle ne comprenait pas, pourquoi les gens changeaient en prenant de l'âge et pourquoi la vie ne pouvait pas être plus simple. Millie était là pour l'aider à y voir plus clair, mais pour la vieille dame, sa petite-fille était encore jeune et naïve, elle avait besoin de temps pour cerner tous les aspects de la vie et en comprendre les mécanismes. Elle n'avait pas d'inquiétude, au plus profond d'elle-même, elle savait que Claire s'en sortirait et que tout irait bien pour elle.

Claire était entourée d'un groupe d'amis, ils se connaissaient depuis l'enfance et ils ne s'étaient jamais quittés depuis. Malgré tout, elle se sentait isolée, emplie d'un vide que seul Lucas réussissait à combler. C'était avec lui qu'elle préférait être par-dessus tout. Ce dernier avait répondu présent dans les bons comme dans les mauvais moments, toujours là quand elle en ressentait le besoin. La relation qu'ils entretenaient était indescriptible ; amis, confidents et bien plus encore. Il y avait une sorte de connexion invisible entre eux qui ne s'expliquait pas, ils étaient tout simplement complémentaires. Ils s'aimaient, mais d'un amour fraternel. Avec le temps, ce sentiment d'appartenance s'était fait plus présent et plus fort que jamais. Claire n'avait présenté Lucas à aucun de ses amis, elle le voulait pour elle seule, et cela leur convenait très bien. Ils se suffisaient à eux-mêmes. Aux yeux des uns, il y avait quelque chose de magique dans cette relation, aux yeux des autres, c'était étrange, comme irréel. Ils se fichaient pas mal de l'opinion des gens, leur relation privilégiée n'appartenait qu'à eux. Millie avait souvent interrogé Claire sur Lucas, elle voulait rencontrer ce mystérieux garçon qui avait rendu le sourire à sa petite-fille, mais Claire n'était pas prête à le partager, du moins pas pour le moment. Elle avait peur de perdre ce qu'ils avaient construit et elle ne voulait pas se retrouver de nouveau avec ce vide à l'intérieur. Parmi ses autres amis, aucun ne parvenait à l'apaiser comme Lucas, alors pour l'instant, la situation resterait en l'état. Millie s'était résignée à attendre, elle ne voulait en aucun cas brusquer Claire ni la blesser, alors elle restait en retrait, mais la vigilance était de mise.

Les années avaient filé si vite. Hier encore, Claire faisait ses premiers pas, et aujourd'hui c'était une jeune femme qui se projetait vers l'avenir. Millie était nostalgique en y repensant, mais elle aimait se souvenir de ces instants. Elle était fière d'avoir réussi à élever Claire comme une mère l'aurait fait, fière d'être arrivée à soutenir la jeune fille dans les périodes difficiles de sa vie, mais surtout fière qu'elles aient tenu leur promesse.

Cette année marquait la fin d'une époque pour Claire, d'un épisode de sa vie, l'achèvement de ses années de lycée. À la rentrée prochaine, elle ferait ses premiers pas dans la vie universitaire, mais pour le moment, une seule chose préoccupait toutes les élèves, y compris Claire, le bal de fin d'année. Il y avait dans l'air comme un parfum d'excitation, de joie, le tout mélangé à un soupçon d'appréhension. L'effervescence de cette journée atteindrait son apogée dans la soirée. Toutes les filles de l'école avaient déjà un cavalier. Claire avait quant à elle décliné toutes les invitations de ses camarades masculins. Ce jour, elle l'avait imaginé des centaines de fois, elle savait exactement quelle robe elle voulait porter, quelle coiffure elle arborerait, mais surtout qui lui tiendrait le bras en cette occasion. Il ne pouvait en être autrement, il fallait que ce soit Lucas. Cela lui avait pris des semaines pour trouver le courage de l'inviter au bal, elle n'était pas sûre de sa réponse ni de ce qu'elle ferait s'il refusait. Elle avait répété inlassablement son discours, et au moment de lui demander, elle s'était une nouvelle fois dérobée. Claire se trouvait stupide de réagir de la sorte, après tout ce n'était qu'une fête de lycée, mais en y réfléchissant, c'était bien plus pour elle, ce serait la première fois qu'elle présenterait Lucas à tout le monde, et elle voulait que tout soit parfait.

Après plusieurs tentatives ratées de la part de Claire, Lucas accepta sans qu'elle ait eu besoin de prononcer le moindre mot. Elle était surprise, comment savait-il ce qu'elle voulait ? Elle se souvenait alors de ses longs discours au sujet du bal, lorsqu'ils étaient ensemble, il n'avait pas pu oublier, elle n'avait que ce mot-là à la bouche. Elle était aux anges. Elle rentra immédiatement annoncer la bonne nouvelle à Millie. Elle débita des phrases rapides et incompréhensibles.

— Il m'accompagne, je n'ai pas eu le temps de lui demander, il m'accompagne…

— Calme-toi, ma chérie, je n'ai pas compris un

traître mot de ce que tu as dit, reprends depuis le début, et moins vite, cette fois.

— J'étais partie rejoindre Lucas pour lui demander de m'accompagner au bal de ce soir, et, bien sûr je me suis dégonflée.

Millie se mit à rire.

— J'ai dû m'y reprendre à deux fois, mais j'ai été incapable de parler. Et puis il m'a regardée et il a dit oui. On peut dire qu'il lit dans mes pensées, enfin, c'est vrai, je n'ai pas arrêté d'en parler ces derniers jours.

— Il devait s'attendre à ce que tu lui demandes, mais lorsqu'il t'a vue bégayer, il a pris les devants, il t'a épargné cette corvée.

— Tu dois sans doute avoir raison. Dans tous les cas, il a dit oui, tout est parfait, tout est comme je l'avais imaginé, et rien ne pourra venir me gâcher la soirée.

Elle s'était trop longtemps sentie seule jusqu'à leur rencontre, elle avait la sensation qu'ils devaient se rencontrer, que c'était écrit quelque part. Il faisait partit intégrante de sa famille, c'était pour elle son frère de cœur.

Elle monta en quatrième vitesse à l'étage pour se préparer. Millie l'avait suivie, elle ne voulait rater ce moment pour rien au monde. C'était un rite de passage à l'âge adulte, et elle voulait le partager avec elle.

Dans la chambre, les deux femmes étaient euphoriques comme jamais ; l'une excitée de passer la soirée parfaite, l'autre heureuse de contempler la joie sur le visage de sa petite-fille. Les préparatifs pouvaient commencer. Millie s'était chargée de la coiffure, elle avait opté pour un chignon sur le côté, quelques mèches, légèrement ondulées, retombaient sur le côté droit du visage de Claire. Son teint naturellement lumineux s'accordait parfaitement avec le rose de son fard à paupières. Elle n'avait pas eu recours à d'autres artifices, elle n'en avait pas besoin. Pour la robe, Claire s'en était occupée, elle s'était rendue dans une petite boutique du centre-ville, où la couturière lui avait confectionné la tenue idéale pour la soirée. Le thème du bal était les Années folles, et la robe qu'elle avait imaginée sur le papier et qu'elle tenait à présent dans ses mains était parfaite. Le tissu en satin et sa couleur ivoire étaient tout simplement magnifiques. Elle avait choisi des manches longues. La robe s'arrêtait au niveau des genoux. La forme cache-cœur mettait en valeur son décolleté, juste ce qu'il fallait. À la base de l'échancrure du col se trouvait un petit flot. En guise de ceinture, de fines lanières faisaient le tour de sa petite taille, cette dernière était surmontée d'une rose ornée de brillant. Elle n'avait pas fait l'impasse sur les accessoires, un sautoir de perles autour de son cou, un chapeau de style cloche sur lequel étaient fixées deux grandes plumes qu'elle avait délicatement placées sur le côté, et pour finir, une petite pochette d'un blanc nacré en guise de sac. Pour les chaussures, elle avait craqué sur une paire de Salomé de la même couleur que sa robe, les brides étaient recouvertes de strass, le talon n'était pas très haut, ce qui lui convenait tout à fait. La tenue idéale à ses yeux. Elle terminait les derniers arrangements lorsqu'elle remarqua que des larmes coulaient le long des joues de sa grand-mère. Elle s'arrêta et, d'une petite voix, elle lui demanda :

— Quelque chose ne va pas, grand-mère ?

Millie s'essuya les yeux.

— Non, ma chérie, tout va bien, je suis juste émue de voir à quel point tu es splendide dans cette robe.

Claire esquissa un sourire.

— Merci, je voulais que tout soit parfait, et à voir ta réaction, je crois que j'y suis arrivée.

Millie lui sourit et l'aida à finir de se préparer.

L'heure du départ approchait, et Claire était de plus en plus nerveuse. Elle appréhendait la venue de Lucas, mais plus que tout le moment des présentations. Millie la rassura, elle ne devait pas s'inquiéter, tout se passerait bien. Ses quelques mots avaient réussi à la réconforter, et elle trépignait maintenant d'impatience à l'idée qu'il arrive, pour que cet épisode soit derrière elle. Un flash de lumière l'aveugla et lui fit perdre le fil de ses pensées. En ouvrant les yeux, elle vit Millie qui tenait son appareil photo.

— Désolée, mais je veux immortaliser cet instant.

Claire sourit et prit la pose dans l'escalier.

— Magnifique, je ne trouve pas les mots pour te dire à quel point tu es belle, ma chérie.

— Grand-mère…

Millie contemplait Claire avec admiration, les deux femmes étaient restées là, à se regarder l'une l'autre avant de se mettre à rire aux éclats.

— Allez, il ne va plus tarder, la séquence émotion est terminée, lança Claire.

— Je veux juste graver cette image dans ma mémoire, je te promets de bien me tenir lorsque ton ami arrivera.

Claire le sentait, sa grand-mère était aussi excitée qu'elle à l'idée de voir Lucas. Ce serait leur première rencontre, elle avait la boule au ventre en y pensant. Et si Millie ne l'aimait pas ? Une main se posa sur son épaule, et d'une voix douce sa grand-mère lui murmura :

— Si tu es heureuse en sa compagnie, il n'y a pas de raison qu'il ne me plaise pas.

— Mais, euh… comment est-ce que…

— J'ai remarqué que ton attitude avait changé. Je vais le voir pour la toute première fois, il est normal que tu appréhendes ma réaction, mais tu n'as pas à avoir peur.

Elle avait su de nouveau la calmer, comme à chaque fois, elle avait trouvé les mots justes, les mots dont elle avait besoin.

La sonnette de l'entrée vint les interrompre, Claire sentit la chaleur parcourir son corps et lui monter au visage, elle était dans tous ses états, ce qui faisait sourire Millie. Une deuxième sonnerie, plus insistante cette fois, la força à reprendre ses esprits. Elle s'approcha lentement de la porte, comme si elle espérait que la pression engendrée par la situation redescende. Elle se tourna vers Millie et la vit monter l'escalier à toute allure.

— Tu as oublié ta pochette, ouvre-lui, c'est impoli de faire attendre les gens, je me dépêche.

Claire s'exécuta immédiatement, elle tourna la poignée et ouvrit la porte. Lucas se tenait debout, là, devant elle, dans un costume sombre, une fleur blanche agrafée à la poche de sa veste, un chapeau noir trônait sur sa tête. Il tendit la main, attrapa délicatement son poignet et y plaça autour une orchidée de la même couleur que la sienne. Les joues de Claire s'étaient teintées, et elle lui sourit timidement.

— Tu es magnifique, lui dit-il.

Un petit rire nerveux traversa ses lèvres. Elle le remercia et lui retourna le compliment. Le temps s'était comme figé, ils se tenaient l'un en face de l'autre à s'admirer, personne ne parlait ni ne bougeait. Claire avait cru entendre un bruit derrière elle, mais elle n'avait pas détourné les yeux de son cavalier. Après un court instant, elle fut gênée de son impolitesse et l'invita à entrer.

— On ne part pas tout de suite ? demanda Lucas.

— Dans une minute, je voulais d'abord te présenter ma grand-mère, elle est impatiente de faire ta connaissance.

Elle lui prit la main et l'attira dans la maison. Une fois à l'intérieur, elle l'installa dans le salon. En bonne maîtresse de maison, elle lui proposa quelque chose à boire, il accepta volontiers. Lorsqu'elle lui apporta son verre, elle le trouva assis, les yeux fermés. Inquiète, elle lui demanda aussitôt :

— Tout va bien ?

Il se tourna vers elle, le regard vide et la mâchoire serrée.

— Quoi ? Pardon, tu m'as parlé ?

— Oui, quelque chose ne va pas ? Tu as l'air bizarre.

— Non, tout va bien, je suis juste un peu nerveux à l'idée de voir ta grand-mère.

Claire était soulagée d'entendre cela, nerveuse comme elle était, elle s'était déjà imaginé le pire. Elle le rassura, il pouvait se détendre, tout irait bien. Avec la présence de Lucas à ses côtés, Claire en avait complètement oublié Millie. Elle n'était toujours pas redescendue, alors elle l'appela en bas de l'escalier.

— Grand-mère, tu es là-haut ?

Surprise de n'avoir aucune réponse de sa part, elle

fit patienter Lucas et elle monta voir ce qu'elle faisait. Une fois à l'étage, elle poussa la porte de sa chambre et ce qu'elle vit en entrant la paralysa. Allongée sur la moquette, le visage blafard, les yeux livides, Millie.

Claire se rua vers le corps inerte de sa grand-mère et lui prit la main. D'une voix tremblante, elle prononça son prénom à plusieurs reprises, mais aucun son ne sortit de la bouche de Millie. Elle avait compris mais ne voulait pas se résoudre à affronter la terrible vérité. Un frisson d'horreur la traversa, elle laissa échapper un cri strident puis elle s'effondra à son tour au sol. Lorsqu'elle ouvrit les yeux, Lucas était à ses côtés. Elle se releva d'un bond et dit :

— Que s'est-il passé ?

Il n'eut pas le temps de prononcer un mot, qu'elle se mit à crier de nouveau.

— Oh mon dieu ! Grand-mère, non…

Lucas s'approcha de Claire, la prit dans ses bras et tenta de la calmer, mais il n'y avait rien à faire, elle continuait de hurler. Elle s'extirpa de son étreinte, descendit les marches à toute vitesse, décrocha le téléphone et composa le numéro de Carl Paulson, son médecin de famille.

— Il faut que vous veniez de toute urgence, c'est ma grand-mère, elle ne respire plus.

— Très bien, calmez-vous, où se trouve-t-elle actuellement ?

— Elle est en haut, étendue sur le sol, venez vite, je…

— Écoutez-moi, êtes-vous sûre qu'elle ne respire plus ?

Claire n'en revenait pas, elle s'énerva et cria de plus belle :

— Elle n'a plus de pouls, et son cœur ne bat plus, alors oui, je suis sûre qu'elle ne respire plus.

Le médecin s'excusa.

— Désolé Claire, mais je dois vous posez ces questions. Ne bougez pas, j'arrive au plus vite.

Elle ne comptait aller nulle part, de toute façon. Elle raccrocha et se précipita à l'étage.

En entrant dans la chambre, elle ne put s'empêcher de pleurer devant la scène qui se déroulait sous ses yeux. La seule personne qui avait toujours été là pour elle gisait de tout son long sur la moquette de sa chambre. Lucas s'avança vers elle :

— Je suis désolé, Claire…

Elle ne lui laissa pas le temps de terminer sa phrase.

— Désolé ? Tu es désolé, mais de quoi ? Notre médecin arrive et il va s'occuper de ma grand-mère, alors tes excuses, tu peux te les garder.

Abasourdi par ces mots, Lucas resta bouche bée.

— Quoi ? demanda Claire. Pourquoi tu me regardes comme ça ?

— Euh… Pour rien, je me disais que si tu veux je peux attendre avec toi, mais si tu préfères rester seule, je comprendrai.

— T'as raison, tu ferais mieux de partir, lui lança-t-elle sans même un regard.

En ouvrant la porte d'entrée, Lucas croisa le médecin. Il se précipita à l'étage lorsque Claire l'appela du haut de l'escalier.

— Venez vite, elle est là, dans la chambre, sanglota-t-elle.

Le médecin examina Millie. En voyant le geste qu'il fit de la tête, Claire comprit immédiatement que ses craintes étaient fondées. Elle ne pouvait, mais surtout ne voulait, s'y résoudre. Le docteur Paulson s'avança vers elle.

— Je suis navré, Claire, mais je n'ai rien pu faire, elle était déjà décédée avant mon arrivée.

Ses mots résonnèrent comme un coup de poignard pour la jeune fille, elle éclata en sanglots dans les bras du médecin. Ce dernier tenta de la consoler.

— Elle n'a pas souffert.

Même ces mots n'arrivaient pas à la calmer. Comment pouvait-il affirmer une chose pareille ? Il n'était pas à ses côtés au moment où son cœur avait cessé de battre. Elle se torturait l'esprit, s'accablait en se disant que si elle était montée tout de suite, au lieu de rester avec Lucas, elle aurait peut-être pu faire quelque chose plus rapidement. Elle s'en voulait. Même lorsque Carl lui dit que cela n'aurait rien changé, elle s'en voulut encore. Elle était dans tous ces états, au bord de l'hystérie, il décida alors de lui donner un calmant avant de contacter les pompes funèbres.

Le cachet commençait à faire son effet, elle était moins agitée, mais la peine qu'elle ressentait ne faisait qu'accroître. La sonnette de l'entrée retentit, elle se dirigea d'un pas lent vers la porte. Elle l'ouvrit. Sur le perron, deux hommes à la carrure imposante la saluèrent. Le médecin les escorta jusqu'à la chambre et il redescendit tenir compagnie à Claire, le temps pour les deux employés de préparer le corps pour le transport. Le docteur Paulson lui demanda :

— Pouvez-vous passer la nuit chez quelqu'un ?

La voix pleine de sanglots, elle lui répondit :

— Je n'ai plus personne, à présent, j'ai bien des amis mais je n'ai pas la force de les voir pour le moment. Millie était ma seule famille.

Elle entendit des bruits de pas, elle s'avança dans le couloir, et là elle vit les deux hommes redescendre. Ils tenaient une house en plastique, ils la déposèrent sur le brancard qui se trouvait en bas des marches. Elle savait pertinemment que sa grand-mère s'y trouvait, elle ne put contenir ses larmes, Carl l'amena jusqu'au salon.

— Dans un sac… Vous avez vu, ils l'ont mise dans un sac.

Le docteur Paulson la rassura en lui expliquant que c'était la marche à suivre. Elle ne devait pas s'inquiéter, sa grand-mère n'allait pas y rester. Il lui conseilla de se reposer un peu, il prendrait contact avec elle au plus vite pour s'assurer que tout allait bien. Lorsque tout le monde se fut retiré, Claire dut faire face au silence de mort qui avait envahi la maison.

Elle passa la nuit entière assise sur le seuil de sa chambre, les yeux fixés au sol, à l'endroit exact où Millie était morte. Elle était comme déconnectée de la réalité, son esprit était ailleurs. Ce devait être le plus beau jour de sa vie, et au lieu de cela ce serait à jamais le pire. Son monde venait de s'écrouler, son existence venait de changer sans qu'elle ne comprenne vraiment comment, tout était arrivé si vite. Elle n'avait pas pu dire au revoir à Millie ni même l'embrasser une dernière fois. Elle n'arrivait pas à penser à autre chose, et le fait d'être prostrée là, à contempler la moquette, ne l'aidait pas non plus.

Le temps ne s'écoula pas aussi rapidement qu'elle l'aurait souhaité, et elle ne réussit pas à fermer l'œil. En se levant, le matin, elle faillit tomber, ses jambes étaient endolories, elle dut patienter quelques minutes avant de pouvoir tenir debout. Lorsqu'elle en fut enfin capable, elle descendit lentement les marches. Ce n'est qu'en passant devant le miroir de l'entrée qu'elle remarqua qu'elle portait toujours sa robe de bal. Ses yeux étaient enflés et rougis, ses cheveux en pagaille, et la fleur à son poignet avait fait les frais de son horrible nuit. En voyant l'orchidée, elle pensa immédiatement à Lucas, elle ne se souvenait plus très bien de ce qui s'était passé entre eux, juste qu'elle n'avait pas été très gentille avec lui. Claire s'en voulait terriblement, mais les circonstances justifiaient son comportement, et elle était persuadée qu'il comprendrait. Les prochains jours allaient être affreux, et ce dont elle avait besoin par-dessus tout, c'était de son ami pour la soutenir, mais elle n'était pas sûre qu'il revienne de sitôt.

Le téléphone sonna. Au bout du fil, le responsable des pompes funèbres de la ville.

— Bonjour, mademoiselle Porter, je vous présente mes sincères condoléances. Je vous appelle aujourd'hui, parce qu'il faudrait que vous passiez chez nous pour que l'on discute des dispositions à prendre au sujet de votre grand-mère.

— Des dispositions ? Quelles dispositions ?

— Eh bien, elle avait tout mis en ordre au sujet de ses obsèques, tout a été réglé d'avance, mais nous avons besoin de vous pour certaines petites choses.

— Très bien, je ne sais pas trop comment tout cela fonctionne, mais d'accord, je vais venir.

Claire raccrocha sans trop savoir ce qu'elle allait faire là-bas. Elle monta se préparer, mais elle eut du mal à enlever sa robe, elle se tenait devant le miroir de la salle de bains, et ses yeux s'emplirent de larmes. Il lui fallut un bon moment pour se ressaisir et finir de s'habiller.

Dehors, le temps était maussade, comme pour lui rappeler qu'aujourd'hui était un jour sombre. Claire marcha jusqu'aux pompes funèbres des Tilly. Arrivée devant la porte, elle prit quelques secondes pour respirer. L'épreuve n'allait pas être simple, elle avait besoin de faire le vide un petit instant, se concentrer pour ne pas flancher. Mais lorsque le carillon de l'entrée tinta, elle comprit qu'elle devait y aller. Un vieux monsieur, sourire aux lèvres, lui demanda :

— Bonjour, je peux vous aider ?

— Bonjour, je m'appelle Claire Porter, je suis la petite-fille de Millie Porter, j'ai reçu un appel de votre part, tout à l'heure.

— Oui, bien sûr, mademoiselle Porter, mon fils m'a prévenu de votre visite, je vous en prie, entrez donc.

Tout allait trop vite pour la jeune fille, elle n'avait pas pu se préparer à ce qui l'attendait, mais elle n'avait pas le choix, elle devait entrer. M. Tilly senior se dirigea vers son bureau et fit signe à Claire de le suivre. Il lui offrit une chaise avant d'entamer la discussion.

— Mademoiselle Porter…

— Claire, s'il vous plaît.

— Pardonnez-moi, Claire, je vous présente à mon tour mes plus sincères condoléances, je sais que l'épreuve n'est pas facile, je vais donc aller à l'essentiel. Votre grand-mère avait déjà pris toutes les dispositions nécessaires à son inhumation, elle a choisi le cercueil, les fleurs et même la robe qu'elle porterait. Tout a été réglé d'avance…

— Quand ? Quand a-t-elle fait tout cela ? Je n'ai

pas souvenir qu'elle m'en ait parlé…

— Eh bien, je crois savoir qu'elle ne voulait pas vous infliger cela. Vous savez, ce n'est pas un acte facile à entreprendre mais une chose qu'il nous faut faire.

Claire le voyait bien, il essayait de la ménager, et elle lui en était reconnaissante.

— Si tout a été réglé, pourquoi suis-je là ?

— J'allais y venir. Nous devons discuter du déroulement des obsèques. Tout d'abord, vous devez choisir une date pour l'office religieux. Si vous le souhaitez, il est possible de passer une chanson que votre grand-mère aimait bien. Vous pouvez également dire quelques mots en son honneur, si vous en êtes capable, bien sûr. C'est à vous de choisir ce qui conviendrait le mieux.

M. Tilly s'arrêta un moment, conscient de la charge d'informations que Claire devait assimiler d'un coup.

— Je vous laisse un instant pour penser à tout cela, je ne serai pas loin, si vous avez besoin.

Claire le remercia. Lorsqu'il quitta la pièce, elle se retrouva seule avec toutes ces choses en tête. Par où commencer ? Que devait-elle faire ? Elle n'en avait pas la moindre idée, mais il fallait pourtant qu'elle prenne les décisions, et rapidement. *Tout d'abord, quel jour sommes-nous ?* se demanda-t-elle. Avec les événements récents, elle avait complètement perdu la notion du temps. Elle attrapa le journal qui se trouvait sur le bureau et lut la date : samedi 28 juin 2015. *Très bien, mais je ne sais pas quels jours se déroulent les offices religieux ni à quelle heure. Ensuite, aurai-je la force de parler, mais surtout pour dire quoi ? Qu'elle va terriblement me manquer, ce n'est pas la peine de le dire, ça me semble évident. Une chanson ? Est-ce que j'arriverai à me contenir ? Et grand-mère aurait-elle voulu ça ? Je n'en sais rien...*

Toutes ces réflexions la tourmentaient. Claire n'était pas plus décidée qu'avant, au contraire, elle était à présent complètement dans le flou. Elle se leva, marcha jusqu'à la fenêtre et se mit à penser à voix haute. « Grand-mère, pourquoi m'as-tu laissée ? Sans toi, je suis perdue. » Elle ne se rendit compte qu'elle pleurait qu'au moment où M. Tilly lui tendit un mouchoir.

— Merci, je suis désolée, c'est trop dur, je n'y arrive pas, je ne sais pas ce qui est le mieux.

— Ne vous excusez pas, si vous le désirez, on peut essayer de réfléchir ensemble, j'ai l'habitude, vous savez.

Claire se sentit soudain soulagée, il allait la guider dans ses choix. Elle partagea avec lui ses inquiétudes concernant le discours et la musique, elle ne se sentait pas prête pour cela et elle n'était pas sûre de le vouloir. M. Tilly lui conseilla de ne pas se forcer, rien ne l'y obligeait. Il lui parla du faire-part de décès. Millie avait fait ce qu'il fallait, néanmoins il lui demanda si elle voulait ajouter quelques mots.

— Qu'en dites-vous ? Je pense que ce serait une bonne chose, mais bon...

— Claire, ce n'est qu'une façon de lui dire au revoir, mais je vous le répète, vous n'êtes forcée à rien. En revanche, même si l'avis de décès paraît dans le journal, je vous conseille d'avertir vos proches.

— Mes proches ? Je n'avais que ma grand-mère. Je sais qu'elle avait des amis et je vais les prévenir, mais pour le reste, il n'y a que moi.

M. Tilly lui lança un regard de compassion.

L'entretien se poursuivit toute la matinée. M. Tilly se montra très patient avec Claire, mais il fut surtout d'une aide précieuse. Il prit soin de contacter le père McKinley, c'était lui qui allait officier, c'était un bon ami de Millie.

Au moment où Claire allait quitter les lieux, M. Tilly lui rappela la date et l'heure auxquelles les gens pourraient se rendre à la maison funéraire puis où l'office se déroulerait.

— Mercredi 2 juillet à 14 heures, ici, dans nos locaux. Puis l'inhumation aura lieu à 14 h 30 au cimetière Drake, j'y serai avant tout le monde pour m'assurer que tout est en ordre, donc si vous avez besoin de vous assurer que cela vous convient, n'hésitez pas.

Claire s'excusa, mais elle ne pensait pas venir avant, la douleur allait déjà être assez grande et intense, pas besoin d'en rajouter. Il la comprenait fort bien, il la raccompagna à la porte, et elle prit le chemin du retour.

Sur la route qui l'avait conduite à la maison, elle avait pensé à quelques phrases qu'elle aurait voulu ajouter à l'avis de décès, ces mêmes mots qu'elle dirait peut-être pendant l'office. Mais elle n'était pas encore tout à fait sûre. Elle contacta M. Tilly. Ce dernier prit des notes et lui assura que ces quelques lignes figureraient dans le journal.

Le père McKinley était venu rendre une petite visite à Claire, il avait une lettre à lui remettre. Il y avait son prénom inscrit dessus, elle ne comprenait pas ce que cela signifiait, mais elle reconnut immédiatement l'écriture, c'était celle de Millie.

— Votre grand-mère m'a apporté ceci, il y a de cela

des années, elle m'a expressément demandé de la garder à l'abri jusqu'au jour de sa mort. Millie a été très clair à son sujet, je ne devais l'ouvrir sous aucun prétexte et je devais vous la remettre en main propre après son décès. Chose promise, c'est pour vous.

Claire prit le courrier sans trop savoir pourquoi un tel mystère l'entourait. Le prêtre lui conseilla de ne l'ouvrir qu'une fois qu'elle se sentirait prête. Claire le remercia avant qu'il ne prenne congé.

Assise dans le salon, elle scrutait l'enveloppe. Elle avait essayé à plusieurs reprises de l'ouvrir, mais elle l'avait aussitôt reposée sur la table. Elle se sentait bête de réagir comme cela, mais elle avait la tête pleine et elle préférait en finir avec l'enterrement avant de découvrir autre chose.

Les trois jours qui suivirent, Claire les passa à prévenir les amis de Millie, à mettre de l'ordre à la maison, même si c'était inutile, mais elle devait absolument s'occuper. Elle choisit la tenue qu'elle porterait, mais elle passa surtout ce temps à penser à Lucas et à sa longue absence. Allait-elle le revoir ? Est-ce qu'il lui en voulait au point de ne plus revenir ? Pourquoi n'avait-il toujours pas donné de nouvelles ? Tout un tas de questions se bousculaient dans sa tête et elle n'était pas en mesure d'y répondre sans Lucas. Elle s'était résignée à ne plus y penser, il lui fallait se préparer psychologiquement à la dure épreuve qui l'attendait dans peu de temps. M. Tilly lui avait apporté un exemplaire du journal, elle n'avait pas cessé de le lire et de contempler la photo de Millie. Claire ne se faisait toujours pas à l'idée qu'elle regardait sa grand-mère là où d'ordinaire se trouvaient des photos de personnes inconnues. Malgré tout, elle continuait de l'observer, et ce qu'elle voyait la rendait à la fois morte de chagrin et rayonnante de bonheur. En dessous de la photo de Millie étaient inscrits les mots de Claire, des mots qui lui correspondaient, mais des mots qu'elle aurait voulu garder pour elle et ne jamais avoir à dire : « À toi la femme qui m'a élevée, la femme qui m'a donné de l'amour sans réserve, je ne dis pas adieu mais tout simplement "je t'aime et je ne t'oublierai jamais." »

3

L'aube s'était levée. La pluie venait s'abattre sur les fenêtres avec violence. C'était un jour de deuil, et tout était là pour le rappeler à Claire. La météo orageuse et maussade, la robe noire qu'elle portait, ses yeux rougis et gonflés, absolument tout était réuni pour qu'elle se souvienne qu'aujourd'hui serait synonyme de tristesse, de mort.

Claire avait les yeux rivés sur la pendule du salon. Douze heures quarante-huit. Les heures ne passaient pas, comme si cette journée devait durer. Elle se forçait à trouver une occupation, mais elle revenait inlassablement devant l'horloge. Elle avait espéré que quelqu'un la sorte de ce calvaire, mais malheureusement pour elle, les seules personnes qu'elle verrait aujourd'hui devaient la rejoindre à la maison funéraire. En silence, Claire prit donc son mal en patience.

Treize heures dix-huit, 13 h 22, 13 h 27… À bout de nerfs, elle décida de rejoindre M. Tilly, là où tout allait commencer. Tant pis si elle était en avance, elle ne tenait plus, il fallait qu'elle sorte.

En arrivant, elle jeta un rapide coup d'œil à sa montre. Treize heures quarante-neuf, plus que quelques minutes. Un frisson de peur traversa son corps. *Je ne suis pas prête, tout va trop vite.* Elle avait voulu accélérer le temps, mais maintenant que le moment fatidique approchait, elle souhaitait ardemment qu'il s'arrête. Elle ne parvenait pas à se calmer, elle se mettait à parler toute seule. *Et si personne ne vient, est-ce que le prêtre restera ? Claire il faut te ressaisir maintenant. Treize heures cinquante-trois, oh non ! ça approche, j'espère que je serai assez forte pour me contenir, il le faut, je n'ai pas le choix.*

Derrière la porte, M. Tilly avait remarqué le comportement étrange de la jeune fille, il alla immédiatement à sa rencontre. Claire commençait sérieusement à paniquer, elle avait du mal à respirer, les arbres autour d'elle bougeaient de façon étrange, sa vision se troubla, et à l'instant même où ses jambes allaient flancher, M. Tilly la rattrapa. Le stress combiné au chagrin avait provoqué chez Claire une hyperventilation. Adossée à un mur, elle reprenait doucement ses esprits et retrouvait peu à peu son souffle. Lorsqu'elle fut remise de ses émotions, M. Tilly la salua.

— Bonjour, Claire, j'espère que ça va mieux ?

— Bonjour. Oui merci, ne vous inquiétez pas, une petite crise d'angoisse, rien d'autre.

— Très bien, si cela devait se reproduire, n'hésitez pas à me le dire, je serais à vos côtés.

Il avait senti dans sa voix que l'épreuve allait être rude pour elle.

Claire l'interrogea.

— Est-ce que tout s'est passé comme il faut ? Vous avez tout mis en place ? Les gens sont-ils arrivés ?

Sans s'en rendre compte, elle recommençait à s'affoler. M. Tilly la rassura.

— Calmez-vous, respirez à fond, ne vous préoccupez de rien, je me suis chargé de tout, comme convenu.

Il n'eut pas le temps de répondre à sa dernière question, qu'un petit groupe de personnes montait déjà les marches pour venir à la rencontre de Claire. En les voyant, elle semblait soulagée, ils étaient finalement venus. M. Tilly les escorta vers une petite salle. Lorsque Claire y pénétra, elle remarqua, malgré le contexte lugubre, l'ambiance feutrée, presque chaleureuse, de l'endroit. Il était faiblement éclairé, des bougies étaient disposées tout autour, et la chaleur qu'elles dégageaient le réchauffait doucement. De chaque côté de la pièce, des rangées de chaises étaient disposées symétriquement. Entre elles, l'allée qui menait au cercueil. Il était encadré par deux grandes photos. Sur celle de gauche, on voyait le portrait seul de Millie, et sur celle de droite elle était entourée de Claire et de Constance. Lorsque Claire posa les yeux sur cette image, le chagrin l'envahit. M. Tilly passa son bras sous le sien et l'escorta jusqu'à sa place. Une fois assise, elle garda les yeux rivés sur le sol, elle était incapable de regarder cette caisse en bois, cette caisse dans laquelle se trouvait Millie. Sa tête était vide et ses yeux pleins de sanglots. Derrière elle, les sièges étaient à présent tous occupés. M. Tilly referma la porte, et Claire sortit de son état second. Lorsqu'elle leva les yeux, le père McKinley se trouvait devant un pupitre. Elle sentit soudain la chaleur d'une main prendre la sienne. Assise à ses côtés, une des amies de Millie. Elle était soulagée de ne plus être seule.

L'éloge fait par le père McKinley émut aux larmes toute l'assemblée, en particulier Claire. Elle retrouvait dans son discours toutes les qualités que possédait sa grand-mère. Les mots employés étaient délicats, c'était exactement ce qu'elle aurait dit si elle en avait eu le courage. En fond sonore, un petit air de musique envahit l'enceinte. Claire le savait, la cérémonie touchait à sa fin, et elle allait devoir s'avancer vers Millie. Les gens commençaient à se lever et à se diriger tour à tour vers elle. En file indienne, elle reçut les condoléances de chacun avant qu'ils n'aillent bénir sa grand-mère.

Tout le monde était sorti, il ne restait plus qu'elle assise, elle le savait, c'était à elle d'y aller. Armée du peu de courage qui lui restait, elle se leva et s'approcha, tremblante, du cercueil. Arrivée à sa hauteur, elle découvrit Millie, allongée, les yeux clos. Elle semblait paisible comme si elle dormait. Claire n'était pas choquée par cette vision, bien au contraire, elle trouvait sa grand-mère magnifique. Elle lui saisit délicatement la main et, malgré la froideur de son corps, elle lui donna un dernier baiser. Elle se dirigea vers la sortie, avec en tête, la certitude que la destination suivante serait bien plus douloureuse. Claire n'avait pas encore pris toute la mesure de la chose.

M. Tilly l'invita à monter dans la voiture qui ouvrait le cortège. Dans une longue procession, ils roulèrent jusqu'au cimetière Drake.

Claire descendit et marcha jusqu'à l'emplacement choisi par Millie. Elle serait enterrée aux côtés de son mari. À la vue de la pierre tombale de son grand-père, tout devint réel pour la jeune fille, à cet instant, bien plus que la cérémonie. Le cercueil avait déjà trouvé sa place, suspendu au-dessus d'un trou béant. Il était recouvert d'une gerbe blanche, des lys, les fleurs préférées de Millie. M. Tilly en avait déposé quelques-uns dans un panier à l'attention des invités. Ils pourraient les jeter dans la tombe en guise d'au revoir. Claire salua le travail de cet homme, tout avait été parfait, il ne manquait rien, et rien n'était de trop.

Tout le monde était à présent autour de la dépouille de Millie, le père McKinley offrit son témoignage de sympathie à Claire avant de lire quelques mots.

Le même rituel allait recommencer. Les gens s'avançaient vers la tombe pour y déposer leur gage d'amitié et partager avec Claire leur compassion. Elle n'aimait pas cette tradition, néanmoins elle remercia chacune des personnes présentes.

Le cercueil avait amorcé sa descente finale. Claire n'avait pas vraiment suivi la scène, elle avait gardé la tête baissée et les yeux clos. M. Tilly et le père McKinley étaient venus prendre congé avant de la laisser dire adieu à Millie.

Debout, seule, face à cette fosse, elle apercevait la dernière demeure de sa grand-mère, qui était maintenant arrivée à son emplacement définitif. Les yeux injectés de larmes, elle prit conscience qu'une fois qu'elle aurait jeté sa fleur ce serait comme accepter la dure et triste réalité, cela n'était pas envisageable. Tout ne pouvait pas se terminer aussi vite. Elle s'effondra, genoux à terre, et pleura sans pouvoir se contrôler.

Elle sentit soudain une présence à ses côtés, elle se retourna et vit Lucas. Un sentiment de soulagement la parcourut, elle n'était plus seule, il était de nouveau là, pour elle. D'un bond rapide, elle se redressa et se jeta dans ses bras. À cet instant, un seul mot sortit de sa bouche :

— Merci.

4

Claire vivait mal la mort de sa grand-mère. Lucas prit la décision de rester à ses côtés aussi longtemps qu'elle en ressentirait le besoin. Il avait fait preuve de ménagement avec elle. Même si son chagrin s'atténuerait avec le temps, elle devait accepter la douloureuse évidence. Elle savait qu'il disait vrai, Millie n'était plus là, c'était une certitude. Malgré cette prise de conscience, la tâche ne serait pas simple à accomplir. Cette sensation de vide qui l'accablait ne s'estomperait pas de sitôt.

Claire parla à Lucas de l'enveloppe que le père McKinley était venu lui remettre. Elle n'avait pas eu la possibilité, mais surtout le courage, de découvrir ce qu'elle renfermait. Il lui proposa de rester avec elle si elle le souhaitait, mais elle déclina poliment son offre. C'était quelque chose qu'elle devait faire seule. Avant de quitter les lieux, elle s'assura qu'il saisissait sa démarche :

— J'espère que tu ne m'en veux pas ?

— Ne t'inquiète pas, si tu as besoin de moi, je serai là.

Il possédait un don pour la calmer. Soulagée, elle le

raccompagna jusqu'à la porte.

Assise sur le canapé, l'enveloppe entre les mains, Claire se demandait ce qu'elle pouvait bien contenir. Elle prit le coupe-papier et ouvrit le haut de l'enveloppe. À l'intérieur, une lettre écrite par Millie, ainsi qu'un trousseau sur lequel deux clés étaient accrochées. Elle les posa à côté d'elle et commença à lire :

Ma chérie,

Je suis consciente, malheureusement, que si tu lis ceci, c'est que je ne suis plus à tes côtés. Ne sois pas accablé de chagrin, ma grande, la vie est ainsi faite. Je sais aussi que tu es seule, à présent, et c'est ce qui me fait le plus mal au moment où je t'écris. Je suis persuadée que tout ira bien pour toi. Tu dois sans doute te demander pourquoi le père McKinley t'a remis cette enveloppe. Eh bien, c'est très simple, il y a certaines choses que je ne t'ai pas dites, ou que je t'ai volontairement cachées, si tu préfères. C'était pour ton bien. Tu as subi tellement d'épreuves dans cette vie que je m'étais juré de te protéger le plus longtemps possible. J'espère sincèrement que tu ne m'en tiendras pas rigueur trop longtemps et que tu pourras comprendre pourquoi j'ai agi de la sorte.

Tu dois certainement te demander à quoi servent les deux clés que contient l'enveloppe. La plus grande des deux ouvre le cadenas qui se trouve sur le loquet du grenier, dans lequel se trouve une caisse que tu pourras ouvrir avec la seconde. Ce qu'elle renferme était trop douloureux pour moi, voilà la raison pour laquelle je l'ai enfermé là-haut. Tu découvriras peut-être des choses que je n'ai pas voulu voir ni même savoir. Il est temps à présent que tu reçoives cette boîte avec son contenu.

N'oublie jamais que je t'aime.

Prends soin de toi, ma chérie.

Tendrement,

Millie.

Claire resta un moment fixée sur les lignes de la lettre, comme hypnotisée. Elle la relut à plusieurs reprises, avec la sensation étrange d'entendre la voix de Millie.

Après quelques minutes, elle saisit le trousseau et se dirigea à l'étage, là où se trouvait le grenier. Elle grimpa sur une chaise pour atteindre le cadenas, inséra la clé et la tourna délicatement. Lorsque le petit arceau métallique se libéra, elle poussa le loquet et tira sur la chaîne. Une fois la trappe ouverte, elle abaissa l'échelle en bois, monta et alluma la lumière. Un éclair l'aveugla avant qu'elle ne se retrouve dans le noir complet. *Zut, l'ampoule a dû griller.* Elle alla immédiatement chercher une lampe torche. Le faisceau qui s'en échappait n'éclairait pas grand-chose. Elle avait du mal à voir où elle mettait les pieds, elle avançait à tâtons. Sur le côté se dressait une grande étagère métallique sur laquelle des bricoles étaient rangées. En s'avançant vers celle-ci, elle trébucha sur quelque chose et tomba. Elle dirigea la lampe sur l'objet responsable de sa chute. Il s'agissait d'une petite caisse en bois cadenassée sur laquelle était écrit au marqueur noir et en grosses lettres « AFFAIRES CONSTANCE ».

Quelque chose venait de se passer dans les yeux de Claire, son attitude avait changé. *Affaires Constance…* *Affaires Constance…* se répéta-t-elle sans discontinuer. Elle saisit le coffret et fit aussitôt demi-tour pour se diriger vers la sortie.

Arrivée dans le salon, il lui fallut un moment pour reprendre ses esprits, ce qu'elle venait de découvrir l'avait déconcertée. Cette boîte et ce qu'elle contenait appartenaient à sa mère. À cet instant, Claire n'aimait pas ce qu'elle ressentait, un mélange d'incompréhension, de rancœur et de colère. La jeune fille se sentait trahie, elle ne tenait plus en place, elle fulminait. *Pourquoi me cacher ça à moi ? À quoi pensait-elle ? C'était ma mère, je crois que j'avais le droit de savoir.* Il se passa des heures avant que Claire ne se calme enfin. Elle s'était remémoré la lettre de Millie et le fait qu'elle lui ait demandé de ne pas lui en vouloir. Claire en conclut que cela n'avait sans doute pas été facile tous les jours pour Millie de voir ces affaires ; après tout, Constance était sa fille. Claire ne pouvait décemment pas rester fâchée contre la seule personne qui avait toujours été là pour elle.

Toute cette agitation lui avait complètement fait perdre de vue l'essentiel. En s'approchant de la caisse, elle douta. Aurait-elle la force suffisante de l'ouvrir seule ? Fallait-il qu'elle attende le retour de Lucas ? *J'ai bien réussi avec l'enveloppe, je peux faire de même avec quelques babioles ayant appartenu à ma mère... Ou pas. Courage, Claire, tu vas y arriver.* Après quelques hésitations, elle attrapa le cadenas, inséra la seconde clé et tourna d'un coup rapide. Elle souleva le couvercle. Son regard scruta l'intérieur, mais elle ne distinguait pas correctement ce qu'elle renfermait. Pour ne pas risquer d'abîmer quoi que ce soit, elle sortit le contenu avec soin et délicatesse, l'étala sur la table et l'observa.

Il y avait des Polaroïd jaunis par le temps, des lettres, un médaillon, quelques vêtements, des dizaines de bibelots sans importance et, pour finir, un journal. Elle était excitée mais effrayée en même temps, tout se bousculait dans sa tête. Devait-elle continuer ou non ? Ses doigts s'approchèrent délicatement de la pile de photos. Elle les dépoussiéra, et des visages familiers apparurent. Sa grand-mère posait aux côtés de

Constance. Claire fut frappée par la ressemblance qu'elle avait avec sa mère. Millie le lui faisait souvent remarquer, mais là, elle le voyait de ses propres yeux. Elle tourna l'image et lut l'inscription : « Maman et moi, été 1996 ». L'émotion se lisait dans son regard. Elle continua. Il y avait des clichés scolaires, d'autres de vacances qu'elles avaient passées en France, et même quelques-unes de Claire, lorsqu'elle était enfant. Elle ne put contenir ses larmes. Ses sentiments la submergeaient dès qu'elle posait les yeux sur ces souvenirs.

Pour aujourd'hui, Claire avait décidé d'en rester là. Cette journée avait été riche en rebondissements, et il fallait qu'elle se repose.

Son sommeil fut agité. La découverte de cette caisse l'avait profondément marquée, elle passa la nuit entre rêves et cauchemars. Au petit matin, des traces évidentes de fatigue marquaient son visage. Sitôt qu'elle fut descendue, elle regarda les objets qui se trouvaient sur la table, elle était comme envoûtée.

Lorsqu'elle arriva dans la pièce, son pouls s'accéléra, elle en avait presque le tournis. Doucement, elle s'avança jusqu'au canapé et s'y installa. Elle survola les lettres sans vraiment les lire, trop absorbée par le médaillon. Le soleil se reflétait dessus, il semblait l'appeler. De sa main droite, elle le saisit mais le reposa aussitôt. Elle renouvela son geste et garda cette fois l'objet. Une longue chaîne en or le soutenait. Il était orné de brillants similaires à des cristaux, il ressemblait à un pendentif ancien. Au dos, une inscription. Elle n'était pas en mesure de la déchiffrer, elle avait l'impression que quelqu'un avait essayé de la faire disparaître. Sur le côté, un petit bouton-poussoir, elle appuya dessus, et le médaillon s'ouvrit. À l'intérieur, un petit morceau de papier était dissimulé. Claire le prit délicatement et le déplia. En y regardant de plus près, elle se rendit compte que c'était une adresse. Où se trouvait cet endroit ? Et surtout qu'y avait-il là-bas ? Un si petit bout de feuille et un tas d'interrogations auxquelles elle ne pouvait répondre. Elle se mit à lire à haute voix : « 54, rue du Corbeau-Gris, Merleville, France. » Grâce aux cours de français qu'elle avait suivis à l'école, elle n'avait eu aucun mal à déchiffrer les mots. Elle savait à présent où elle se situait. Curieuse d'en découvrir davantage, elle monta dans sa chambre, attrapa son ordinateur et redescendit aussi vite. Une fois installée, elle tapa sur son moteur de recherches. Une correspondance s'afficha à l'écran. Elle cliqua sur le lien. Celui-ci renvoyait dans la boutique d'un antiquaire. Elle avait trouvé ce qu'elle cherchait, mais elle se posait de nouvelles questions. Elle ne put s'empêcher de penser qu'il devait y avoir une raison pour qu'elle ait trouvé cette note. *Peut-être que dans le reste des affaires je trouverai quelque chose qui m'aidera ou au moins me mettra sur la piste.*

La sonnette de la porte l'obligea à stopper ses recherches. Sur le perron, Lucas la salua, et elle l'invita à entrer.

— J'ai découvert quelque chose en lisant la lettre de ma grand-mère, si je m'y attendais.

En entendant cette phrase, Lucas ne put s'empêcher de lui demander :

— Ah bon, qu'est-ce que c'est ?

— Ma grand-mère avait caché dans le grenier une caisse contenant certaines affaires de ma mère. Je ne savais même pas qu'elle se trouvait là, ni même qu'elle existait.

Elle lui fit part de ses premières découvertes, il remarqua l'enthousiasme dans sa voix.

— Je suis sûr que quelque chose se cache derrière cette adresse, je le sens.

Il la laissa finir son récit et lui proposa son aide.

— Si tu veux bien sûr, à nous deux on ira sans doute plus vite.

— Oui, tu as raison, j'espère qu'on trouvera d'autres indices.

Ils s'installèrent dans le salon. Claire attrapa la pile de lettres et en donna la moitié à Lucas.

Sa mère entretenait une correspondance avec un homme. En parcourant ce qu'il lui écrivait, ils avaient l'air amoureux. Elle se mit à lire à haute voix.

Ma très chère Constance,

Il y a un moment que je n'ai pas eu de tes nouvelles. J'espère que tout va pour le mieux, car je commence sérieusement à m'inquiéter. La vie me semble bien morose sans toi. Si tu savais à quel point j'aimerais que tu sois à mes côtés. Mais nous en avons déjà parlé, et j'ai compris que, pour le moment, c'est impossible. Ne t'inquiète pas, je serai patient. Il arrivera un jour où nous serons réunis, ça, j'en suis persuadé. Il me tarde de te lire. Si tu me voyais, tous les jours je me précipite vers la boîte aux lettres en espérant en avoir une de toi.

En attendant, je t'embrasse tendrement, ma Constance.
LM.

Claire souriait, elle voulait en savoir davantage. Elle ouvrit une autre lettre et remarqua la même impatience chez Lucas. Quelque chose s'était allumé dans son regard. Pour ne pas le faire attendre, elle commença à lire.

À chaque lecture, Claire pouvait sentir l'amour

qu'ils partageaient. Le désir qu'ils avaient d'être l'un avec l'autre, un peu comme la relation qu'elle partageait avec Lucas, mais elle se demandait ce qui les empêchait d'être ensemble. Lucas avait remarqué l'air songeur de Claire. Il l'interrogea.

— À quoi tu penses ? Tu as l'air ailleurs.

— Eh bien, je me demande pourquoi ils étaient séparés alors qu'ils s'aimaient tant.

Soudain, elle attrapa l'enveloppe pour y lire la date :

— Vingt-cinq septembre mille neuf cent quatre-vingt-dix-huit. J'étais déjà née. Tu crois que c'était moi l'obstacle ?

— Obstacle ? Mais non, regarde plutôt d'où il écrit. À mon avis, c'est la raison pour laquelle ta mère ne pouvait pas y aller aussi souvent qu'elle l'aurait voulu.

Elle lut l'adresse :

— Merleville, France. C'est étrange, il n'y a que le nom de la ville, et c'est le même qui figure sur l'adresse que j'ai trouvée dans le médaillon. Tu crois que c'est une coïncidence ? Moi j'en doute.

— Eh bien, je ne sais pas, mais ça te fait un indice de plus. J'ai une question, comment ont-ils fait pour se rencontrer ? La France, ce n'est pas la porte à côté.

— Lorsque mon grand-père était jeune, il faisait partie de l'armée. Son unité a été envoyée en France pendant la Seconde Guerre mondiale. Une fois la guerre finie, il avait l'habitude d'y retourner avec ma grand-mère et ma mère pour les vacances. Il adorait ce pays, et il a voulu le leur faire découvrir.

Il voyait bien l'air triste dans son regard lorsqu'elle en parlait, mais elle avait l'air d'aimer raconter cette histoire.

— Je me souviens, lorsque ma grand-mère m'en

parlait, elle avait toujours des étoiles plein les yeux. Ce qui me peine, c'est qu'après l'obtention de mon diplôme on avait prévu d'y aller ensemble, elle voulait absolument me montrer cet endroit.

Ses yeux s'étaient fermés, laissant échapper une larme. Elle s'essuya rapidement et continua.

— Attends une minute, regarde au dos des photos, il y a peut-être quelque chose d'écrit.

Lucas s'exécuta. Une inscription se trouvait effectivement sur l'une d'elles.

— Alors ?

— Oui, je crois : « Chapelle de la Plume ».

— Jamais entendu parler, du moins pas que je m'en souvienne. Rien d'autre ?

— Non, à part les dates qu'on a déjà lues, c'est la seule chose qu'il y a, mais comment s'appelle le lieu où ta grand-mère allait ?

— Gersandes.

— Voilà ton point de départ pour tes investigations.

— Tu as raison. Je vais effectuer quelques recherches sur Internet et essayer de me procurer un plan du coin pour y placer les diverses destinations. Je verrai ensuite qu'en faire. Tu restes ?

— Désolé, impossible. Mais on se voit plus tard et on discutera de ce que tu auras trouvé.

— D'accord, comme tu veux

— À tout à l'heure.

Claire prit le cliché ainsi que les différentes adresses qu'elle avait trouvées et s'installa devant son ordinateur. Elle tapa celle de l'antiquaire et le nom de la ville de vacances de sa grand-mère. Elle découvrit qu'il n'y avait que quelques kilomètres qui séparaient les deux endroits. Elle imprima ses recherches. Elle n'avait rien de concret, concernant l'homme mystérieux avec lequel correspondait sa mère ni sur la chapelle de la Plume. Elle n'avait donc aucun moyen de trouver quelque chose tout de suite. Claire était bien décidée à découvrir d'autres indices. Elle rassembla les photos, les lettres, le médaillon et l'itinéraire. Elle rangea le tout soigneusement dans une pochette et la glissa dans le tiroir de la commode. Elle se concentra de nouveau sur le reste des objets qui jonchaient encore la table. Une seule chose attirait son regard, le journal. Elle s'empressa de le prendre, le tourna dans tous les sens, le secoua comme pour en faire sortir quelque chose, puis le reposa.

Elle attendit que Lucas revienne pour l'ouvrir, mais comme il tardait, elle décida de commencer sans lui. Au moment où elle reprit le journal, une sensation étrange parcourut son corps. Sa respiration s'était faite plus forte, et ses mains devenaient moites et tremblantes. À en juger par son aspect, le journal ne semblait pas être de première jeunesse. La couverture était en cuir marron foncé. En son centre se détachait un dessin en relief composé d'une double rosace. La partie extérieure était cerclée de formes géométriques triangulaires, et la partie intérieure représentait un pentagramme inversé. Le schéma était identique au dos du carnet. Les deux éléments étaient reliés par deux fines mains entrecroisées, mimant presque une sorte de prière, qui verrouillaient la tranche. Entre les deux paumes se trouvait un orifice d'une forme inhabituel. Claire ne l'avait pas remarqué tout de suite, mais sur la face avant se trouvaient des symboles qu'elle ne comprenait pas.

À plusieurs reprises elle essaya de l'ouvrir, mais sans succès. Elle regarda de nouveau sur la table pour y trouver une clé ou quelque chose qui y ressemble, mais il n'y avait rien. Claire était intriguée. Pourquoi le garder s'il était impossible de l'ouvrir ? Et que pouvaient bien signifier ces signes étranges ?

La sonnette de la porte la fit sortir de ses pensées. Elle alla voir qui était là. C'était Lucas.

— Viens, entre, tu ne devineras jamais ce que j'ai découvert.

Lucas trépignait d'impatience.

— J'ai tapé les deux adresses, et figure-toi qu'il n'y a que quelques kilomètres qui les séparent. Il faut encore que j'essaye de trouver où se situe la chapelle, mais surtout l'endroit exact d'où proviennent les lettres adressées à ma mère.

— Eh bien, tu n'as pas chômé. Quoi d'autre ?

— J'ai voulu t'attendre pour la suite, mais comme tu ne venais pas j'ai commencé sans toi.

Il sourit.

— J'ai laissé les vêtements de côté, il ne restait plus que le journal. C'est bizarre, je n'arrive pas à l'ouvrir. Et crois-moi, j'ai tout essayé, mais pas moyen.

— Je peux ?

— Oui, bien sûr, mais à mon avis tu n'y arriveras pas non plus, à moins que tu ne caches la clé dans ta poche.

Lucas esquissa un sourire et l'examina à son tour. Comme Claire le prévoyait, il n'y parvint pas.

— C'est louche, tu es sûre que la clé n'est pas dans le reste des affaires ?

— Oui, sûre et certaine.

— Alors, récapitulons. Sur certaines photos, on

voit ta mère en vacances dans une petite ville française. Il existe une correspondance entre elle et un mystérieux inconnu. Tu as découvert deux adresses quasiment côte à côte et un journal.

— Je suis sûre que tout est lié. Qui sait, peut-être que cet homme peut m'aider à découvrir ce qui est arrivé à ma mère.

Lucas la coupa net.

— Ne t'emballe pas trop vite. Pour l'instant, ces éléments semblent avoir une connexion entre eux, mais de là à y voir un lien avec la disparition de ta mère…

Claire n'appréciait pas le manque d'enthousiasme de Lucas et le lui fit savoir.

— Je pensais que tu serais content pour moi. Après toutes ces années, je trouve enfin quelque chose concernant ma mère, et toi tu fais quoi ? Tu brises le peu d'espoir que j'ai en un claquement de doigt. Si tu ne veux pas m'aider à découvrir ce qui se cache derrière tout ça, très bien, pas de problème, mais ne viens pas me dire que toutes ces choses sont des coïncidences.

— Bien sûr que je veux t'aider à découvrir le fin mot de l'histoire, mais je n'ai pas envie que tu te fasses des illusions pour rien. Tu as subi tellement d'épreuves, ces derniers temps, je ne voudrais pas que tu souffres de nouveau.

Elle se sentait coupable, à présent, de lui avoir dit toutes ces choses. Il ne pensait qu'à son bien. Elle s'avança vers lui.

— Je suis désolée. C'est vrai, je dois être prudente, mais tu sais comment je suis, je n'en fais qu'à ma tête. Écoute, tu sais quoi, on va en rester là pour aujourd'hui. On rassemblera tout demain et on décidera ensuite de la marche à suivre.

— Je crois que c'est ce qu'il y a de mieux pour l'instant. Je passerai en début d'après-midi, si ça te va.

Elle aurait voulu qu'il reste, mais sans le lui montrer, elle dit :

— O.K., pas de problème, on fait comme ça.

Claire chassa vite de son esprit le départ de Lucas et elle passa la soirée à tourner en rond. Tout bouillonnait dans sa tête, et elle ne savait pas quoi faire. Avec Lucas, ils avaient pris la décision d'attendre, mais elle n'était pas sûre d'en être capable. Sa main se tenait sur la poignée de la commode du salon. *Je jette un coup d'œil rapide et je referme.* Sans s'en rendre compte, elle venait d'ouvrir le tiroir. *Juste un petit coup d'œil.* Elle sortit la pochette, s'installa sur le canapé et disposa le contenu sur la table. Elle passa la soirée à noter des hypothèses, à recouper ses indices. Elle arriva à la conclusion que pour découvrir la signification de tout cela, il lui fallait se rendre en France.

Le lendemain, Lucas lui rendit visite comme prévu. En la voyant, il remarqua immédiatement qu'elle avait quelque chose d'important à lui annoncer.

— J'ai pris la décision d'aller en France pour poursuivre mes investigations. Je sais, tu dois me prendre pour une dingue, mais j'ai le pressentiment que je vais découvrir des choses.

La précipitation dont elle faisait preuve le surprit, mais il la soutint quand même.

— À ce que je vois, tu es déterminée. Mais avant de t'engager dans cette aventure, il te faut un plan d'action. Tu ne peux pas arriver là-bas comme ça.

— Ne t'inquiète pas, j'ai tout préparé hier soir. J'ai encore quelques petites choses à régler et je serai prête à partir.

Soudain, sa voix se fit plus hésitante :

— Euh... Je me demandais... si tu voulais... m'accompagner ?

Un long silence s'installa, ce qui la mit mal à l'aise.

— Claire... C'est un long voyage. Ce n'est pas une décision que je peux prendre comme ça, partir pour l'inconnu. Tu n'es même pas sûre de trouver ce que tu cherches... Je ne sais pas.

Sa réponse évasive laissa à nouveau place au silence. Elle était persuadée qu'il la suivrait, et maintenant elle comprenait qu'il ne viendrait sans doute pas. Elle était anéantie. Tout avait été planifié, et tout s'écroulait au moment même où il ouvrait la bouche. Il voyait bien que sa réponse n'était pas celle qu'elle attendait et qu'elle lui avait fait du mal, mais il n'était pas prêt à partir, ou du moins pas aussi vite. Il lui dit néanmoins :

— Je ne te promets pas de venir, mais je te promets d'y réfléchir. Si toutefois tu décides de partir dans les prochains jours, je ne pense pas te suivre. Écoute, je vais rentrer, cogiter là-dessus, et je te tiens au courant demain, O.K. ?

— Ça me va. Comme je te l'ai dit, j'ai encore des choses à faire, donc ne t'inquiète pas, je ne vais pas partir dans la seconde.

Le lendemain, elle prépara son départ. Elle rassembla ses affaires ainsi que la pochette contenant ses recherches. Son itinéraire était maintenant tracé. Les destinations étant proches les unes des autres, elle n'aurait aucun mal à s'en sortir. Comme elle l'avait pressenti, Lucas ne l'accompagnerait pas. Il lui promit qu'il la rejoindrait plus tard, mais elle n'y comptait pas trop. Claire était de nouveau seule. Elle pensait que cela n'était pas près de changer, mais elle s'en moquait, à présent. Elle ne pensait plus qu'à une seule chose, la France.

5

Dans le taxi qui l'amenait à l'aéroport, Claire examina à nouveau les éléments en sa possession. Elle était intriguée, elle n'avait pas la moindre idée de ce qu'elle découvrirait en France. Son seul espoir était que ce voyage lui permettrait de trouver les réponses qu'elle cherchait. Il y avait trop de zones d'ombre, trop de mystère, et elle voulait savoir.

Claire était anxieuse. Pour la toute première fois, elle quittait Staten Falls, et seule, en plus. Elle aurait voulu que Lucas soit à ses côtés. Malgré la peine qu'elle ressentait qu'il n'ait pas voulu l'accompagner, elle comprenait. Il ne pouvait pas tout quitter sur un coup de tête, juste parce qu'elle l'avait décidé.

En pénétrant à l'intérieur de l'aéroport, Claire se sentit minuscule au milieu de cette foule compacte. Les voyageurs avançaient prestement, tête baissée, sans faire attention au monde qui les entourait. Elle resta immobile un moment, ne sachant pas où aller. Dans l'immense hall, une femme se tenait derrière un comptoir, la pancarte au-dessus d'elle indiquait les renseignements. Claire se dirigea vers elle et lui demanda la direction à prendre. Une fois sur place, elle s'installa dans la zone d'attente.

Une heure plus tard, une voix dans les haut-parleurs annonça le début de l'embarquement. Claire ressentait un mélange de peur et d'excitation, mais elle se dirigea vers la porte d'un pas décidé. Et lorsque l'avion décolla, elle sut qu'elle ne pouvait plus reculer. L'aventure commençait, et elle n'était pas sûre d'y être vraiment préparée. Le vol allait durer un moment, ce qui lui laisserait tout le temps nécessaire pour mettre en place son plan d'action.

L'avion amorça sa descente. Claire pouvait voir à présent le tarmac à travers le hublot. L'engin se posa sans encombre. Claire descendit et marcha jusqu'au quai de gare situé sous l'aéroport, car il lui fallait prendre un train. Sa destination se situait à une centaine de kilomètres de là.

Installée côté fenêtre, elle regardait d'un air absorbé la campagne française. Elle trouvait le paysage magnifique. La fatigue et le décalage horaire commençaient à se faire sentir, et sans s'en rendre compte, elle s'assoupit. Elle rouvrit les yeux à l'annonce du chef de train. Elle n'était plus très loin. Arrivée en gare, elle vit le nom de la ville inscrite sur un petit panneau de bois : « Gersandes ». Un sourire vint se figer sur son visage. Elle était arrivée exactement où elle voulait. Le voyage avait été long, mais à la vision de cette pancarte, elle ne put refréner son enthousiasme.

Claire découvrait à présent la petite ville de Gersandes. Elle était nichée au pied d'une colline boisée. De part et d'autre des rues se trouvaient de petites maisons colorées, entourées de beaux jardins. Il émanait une douce odeur de fleurs qui embaumait l'air. Elle était subjuguée par le décor accueillant de ce lieu. L'appréhension du début laissait place à présent à l'émerveillement. Claire sortit son appareil photo et prit quelques clichés pour immortaliser son arrivée, mais surtout pour capturer la magie de cet instant. Elle voulait absolument graver ce moment dans sa mémoire. En s'enfonçant davantage dans les ruelles arborées, elle aperçut l'enseigne qu'elle cherchait, l'Auberge des Clément. L'endroit même où sa mère et Millie étaient venues passer leurs vacances. Une sensation étrange la traversa, un pincement à l'estomac, comme si elle redoutait quelque chose. Elle occulta ce sentiment en un claquement de doigts, poussa la porte et entra.

Elle se présenta à l'accueil, prit une chambre et y déposa ses affaires. Elle avait voyagé plutôt léger, un sac à main et une petite valise. Lorsqu'elle fut installée, elle descendit dans la salle de repas.

C'était un petit coin chaleureux où les gens d'ailleurs aimaient bien s'arrêter. Le bouche-à-oreille ayant bien fonctionné, il était devenu avec les années le plus réputé et le plus fréquenté des alentours. Éloïse Durand était la cuisinière et l'intendante des lieux. Elle vivait sur place, suite à un arrangement qu'elle avait pris avec les Clément. C'était un peu la doyenne, ici.

Ce mardi matin, peu avant midi, Claire fit son entrée dans la grande salle. Éloïse avait tout de suite senti qu'elle semblait perdue. Assise près de la fenêtre, elle buvait son café lorsque Claire s'avança vers elle. Sa voix était légère, douce, et son accent suggérait qu'elle n'était pas d'ici. C'était une beauté venue d'ailleurs, aux yeux d'Éloïse.

— Bonjour, je m'appelle Claire Porter.

— Enchantée, Éloïse Durand.

Curieuse de nature, Éloïse ne put s'empêcher de lui demander d'où elle venait.

— Je suis originaire d'une petite ville des États-Unis.

Désireuse d'en apprendre davantage, elle la questionna sur sa venue à Gersandes et sur son choix pour l'auberge. Claire commença à lui raconter un peu son histoire.

— Ma grand-mère me parlait souvent de cette ville, elle et ma mère ont passé des vacances ici, il y a de cela des années.

Elle prit un moment puis s'excusa.

— Ma grand-mère nous a quittés récemment. L'épreuve a été très douloureuse pour moi. Je n'ai pas encore réalisé que je ne la reverrai plus. J'avais besoin de changer d'air, alors je me suis dit qu'il n'y avait pas de meilleur endroit que celui-ci. Je voulais découvrir par moi-même ce lieu qui rendait ma grand-mère si heureuse lorsqu'elle m'en parlait. Je dois dire que je comprends pourquoi, maintenant. C'est tellement beau et paisible.

Éloïse éprouva de la tristesse pour cette petite. Malgré la peine qu'elle distinguait sur le visage de Claire lorsqu'elle racontait sa vie, Éloïse percevait une certaine force, une incroyable résistance à l'épreuve. Claire ne s'était pas laissé démonter, et Éloïse l'admirait pour cela.

Elles avaient passé une bonne heure à discuter de tout et de rien. Claire appréciait la compagnie d'Éloïse, c'était une femme d'une profonde gentillesse. Elle lui avait consacré du temps alors qu'elle ne la connaissait même pas. L'hospitalité de cette inconnue l'avait réconfortée et lui avait permis de se sentir moins seule. Avec regret, Éloïse dut retourner au travail. Claire la remercia pour ce moment passé en sa compagnie et monta dans sa chambre.

6

Claire déballa ses affaires et les rangea soigneusement dans l'armoire. Sur le lit, elle avait déposé la pochette contenant les éléments de recherche ainsi que
le journal. Il lui fallait à présent dénicher un emplacement où elle pourrait les garder en sécurité. Après
avoir examiné tous les recoins de la chambre, elle re-
péra l'endroit idéal. À gauche de l'entrée se trouvait un
petit bureau, dont l'un des tiroirs se verrouillait. Une
fois les documents placés à l'intérieur, elle accrocha la
petite clé sur son bracelet. Elle pouvait enfin se reposer.

Claire s'était assoupie. Soudain, un énorme bruit retentit à côté d'elle. Elle sursauta. Son cœur battait à
vive allure, ses yeux écarquillés scrutaient rapidement
la pièce dans son ensemble. Elle posa un pied à terre,
puis l'autre, et avec précaution elle se leva du lit. Son
regard s'arrêta net. Sur le sol, des papiers étaient épar-
pillés. Elle se rendit compte immédiatement que le
tiroir était ouvert. Un petit cri étouffé s'échappa de sa
bouche. *Comment cela est-il possible ?* D'un geste rapide,
elle souleva sa manche et regarda son bracelet, la clé
n'avait pas bougé. Qui avait bien pu faire cela et par

quel moyen ? Elle ramassa les feuilles, les déposa à nouveau à leur place, mais quelque chose manquait. Le journal avait disparu. Elle était pourtant persuadée de l'avoir rangé dans le bureau, mais il n'y était plus. Claire retourna alors toute la chambre, bien décidée à mettre la main dessus.

Un phénomène étrange la perturba, elle était attirée malgré elle près du lit. Elle ressentit comme une sorte de magnétisme qui la força à s'accroupir. Claire n'aimait pas cette sensation, mais elle était incapable de lutter. Elle était à présent à genoux, la tête tournée sous le lit. Une ombre noire tachait le sol. Elle se faufila jusqu'à elle, et là, près du mur, elle vit le journal. Pourquoi se trouvait-il là ? À cet instant précis, elle n'éprouvait rien d'autre que de l'angoisse. Déstabilisée et mal à l'aise, elle le saisit et le rangea rapidement.

Elle descendit à toute allure dans le salon, elle cherchait désespérément Éloïse. Après l'avoir enfin croisée dans le couloir, elle lui demanda :

— Avez-vous vu quelqu'un s'introduire dans ma chambre ?

Éloïse, surprise et confuse, lui répondit qu'elle n'avait rien vu. Elle remarqua que la jeune fille semblait effrayée, alors elle l'interrogea.

— Pourquoi me posez-vous cette question ?

— Eh bien, je m'étais assoupie lorsque j'ai été réveillée par un gros bruit. Je me suis levée et j'ai remarqué que certaines de mes affaires avaient été déplacées.

— Je suis désolée, je n'ai rien vu ni rien entendu. Je suis étonnée par ce que vous me dites. Je vais me renseigner auprès des autres et je vous tiens au courant si j'ai du nouveau.

Claire remonta dans sa chambre pour vérifier que rien ne manquait. Elle posa sur le lit le contenu de la pochette, à première vue tout était là. Au moment de saisir le journal, la même sensation étrange la traversa. Il lui fallait découvrir ce que c'était mais surtout trouver le moyen de l'ouvrir. Elle en était persuadée, il renfermait quelque chose, bien ou mal.

Une certaine appréhension émanait d'elle depuis sa découverte, des choses inexplicables se passaient. Elle avait l'impression de ne pas être seule. Elle se souvenait de la première fois que cela lui était arrivé, elle venait tout juste de trouver la caisse dans le grenier, et cette sensation d'être épiée l'avait paralysée. Elle n'en avait pas parlé à Lucas, de peur qu'il la prenne pour une folle. D'autres phénomènes s'étaient produits ensuite, comme des murmures lointains, une respiration au creux de son oreille. Claire ne savait pas comment expliquer tous ces événements, elle n'était même pas sûre qu'ils existaient vraiment. À certains moments, elle regrettait d'avoir suivi les indications de Millie pour trouver cette boîte, tant les manifestations lui faisaient peur. Elle secoua énergiquement la tête pour chasser ces pensées.

Elle passa le reste de la journée à préparer son excursion du lendemain. Éloïse lui avait trouvé une carte de la ville voisine, et Claire avait tracé son itinéraire. Ses affaires étaient prêtes, et elle n'attendait plus qu'une seule chose, que le jour se lève.

Au petit matin, Claire prit son paquetage et se mit en route. Elle était bien décidée à percer le mystère de l'adresse trouvée dans le médaillon. Pour s'y rendre, elle dut prendre un bus. En arrivant sur place, elle remarqua immédiatement que le paysage n'était plus le même. Tout semblait morne. Les quelques personnes qu'elle avait croisées paraissaient froides, sans expression. Il régnait une drôle d'atmosphère, ici, et elle ne se sentait pas à sa place. Il n'y avait pourtant que quelques kilomètres qui séparaient les deux villes, mais elle avait la sensation étrange qu'elles étaient à des années-lumière l'une de l'autre. Elle s'arrêta pour observer la carte, elle n'était plus très loin. Elle s'engouffra dans une petite ruelle sombre et étroite, les pavés étaient défoncés, et à plusieurs reprises elle faillit tomber. L'air ambiant devenait moite, étouffant et désagréable. Elle pressa le pas et, au détour d'une bâtisse délabrée, elle aperçut enfin la boutique qu'elle cherchait. Son aspect extérieur n'avait rien d'accueillant, la devanture était en piteux état, et la vitrine n'invitait pas à entrer. Elle poussa la porte, et un tintement vint résonner au-dessus de sa tête. D'une petite voix tremblante, elle s'annonça.

— Bonjour, est-ce qu'il y a quelqu'un ?

Elle entendit des bruits provenant de l'arrière du magasin. N'ayant pas eu de réponse, elle réitéra sa demande.

— Hé oh ! Il y a quelqu'un ?

Toujours rien. Elle s'enfonça davantage à l'intérieur, lorsqu'une main vint se plaquer sur son épaule. Elle sursauta et laissa échapper un cri.

— Désolé, je ne voulais pas vous faire peur.

Un vieil homme trapu se tenait derrière elle. En le voyant, elle ne put s'empêcher de reculer. Il s'excusa à nouveau puis se présenta.

— Bonjour, je m'appelle Louis Migor, je suis le propriétaire, en quoi puis-je vous aider ?

Hésitante, Claire se lança.

— Bonjour, eh bien, je ne sais pas encore exactement ce que je suis venue chercher.

L'homme la fixa avec un air interrogateur.

— D'accord, si vous voulez, je vous laisse jeter un coup d'œil. Je reste à votre disposition si toutefois vous avez des questions.

— Très bien, merci.

Claire examina les alentours, il y avait des centaines de choses, dans cet endroit. Les étagères au mur étaient pleines à craquer, et on ne distinguait pratiquement plus le sol. Au plafond, des étagères bricolées et quelque peu branlantes étaient elles aussi remplies de bric et de broc. C'était un tel capharnaüm qu'elle se demanda par où commencer. De plus, elle ne savait même pas ce qu'elle devait chercher, si tant est qu'il y eût quelque chose à trouver.

Ses mains fouillaient frénétiquement dans un carton pendant que ses yeux regardaient dans un autre. Elle prenait un malin plaisir à faire cela. Elle avait vu toutes sortes d'articles : des photos, de vieux ouvrages, des bibelots dont elle ne connaissait même pas l'utilité. À chaque nouvelle découverte, elle s'émerveillait. Il y avait ici des objets plus vieux que le propriétaire. Elle n'en revenait pas, avoir amassé autant et dans un si petit endroit.

Après une demi-heure de curiosité assouvie, elle se tourna vers M. Migor et lui demanda :

— Excusez-moi, mais qu'est-ce que vous faites avec tout ça ?

— J'ai ouvert cette boutique il y a maintenant soixante ans. Au début, j'étais restaurateur de meubles anciens. Lorsque le travail était terminé, je devais essayer de les vendre. Puis un jour, la demande a diminué, pour finir par complètement disparaître. J'ai alors décidé qu'il me fallait accepter tout ce que les gens m'apportaient. Et, d'année en année, je me suis retrouvé avec une multitude d'objets en tout genre. Mais chacun, à sa façon, fait partie de l'histoire de cet endroit.

Il prenait un malin plaisir à narrer son histoire. M. Migor avait voué sa vie à sa passion. Malgré son âge, il pouvait dire avec exactitude d'où provenait chaque pièce et quel était son vécu. Claire aimait l'écouter. Elle était fascinée par sa manière d'en parler, la façon qu'il avait de les décrire dans les moindres détails. Absorbée par le récit du vieil homme, elle en oublia presque les raisons qui l'avaient amenée ici. Il lui demanda :

— Si je peux me permettre, je remarque que vous avez un accent, vous n'êtes pas d'ici, n'est-ce pas ?

— Non, je viens des États-Unis.

— Eh bien, quel bon vent vous amène par ici, ma jeune demoiselle ?

— Je suis venue passer quelques jours de vacances à Gersandes, mais la vraie raison de ma présence ici est la découverte de votre adresse dans un médaillon qui appartenait à ma mère.

— Dans un médaillon, vous dites ? Étrange. L'avez-vous apporté ?

Mais oui, pourquoi n'y ai-je pas pensé plus tôt ?

— Oui, je l'ai avec moi.

Claire ouvrit son sac et se mit à le chercher.

— Tenez, le voici.

M. Migor se dirigea vers l'arrière-boutique et s'installa à son bureau. Muni d'une loupe, il examina avec attention le médaillon. Après quelques minutes d'observation, il releva la tête vers la jeune fille et lui dit :

— Il me semble familier.

Cette phrase résonnait comme une première victoire pour Claire. Cependant, elle préférait en être sûre avant de se donner de faux espoirs.

— Familier ? C'est-à-dire ?

— Eh bien, je pense l'avoir déjà vu quelque part, je ne sais pas où exactement, mais ce collier me dit quelque chose, ça, j'en suis sûr.

Claire en voulait plus, elle ne pouvait pas se contenter de cette réponse approximative. Elle poursuivit son interrogatoire.

— Pensez-vous qu'il vienne de chez vous ?

— C'est fort probable, mais je n'en suis pas sûr du tout.

— Je ne voudrais pas vous paraître insistante, mais c'est important.

— Est-ce que vous pourriez me le laisser pour que je l'examine de plus près ?

Claire hésita, après tout, elle ne savait rien de cet homme. Elle s'accorda quelques secondes de réflexion pour finalement accepter. Elle n'avait pas vraiment le choix si elle voulait découvrir le fin mot de l'histoire.

— Dès que j'ai la moindre piste, je vous contacte, soyez-en sûre.

Elle le remercia et quitta les lieux avec une certaine réticence. Pouvait-elle lui faire confiance ? Elle n'avait pas d'autres options pour le moment. Elle espérait que M. Migor trouve quelque chose.

Elle prit le chemin du retour. En passant la porte de l'auberge, elle vit qu'Éloïse l'attendait.

— Claire, je me suis renseignée auprès des autres,

et je suis désolée, mais personne n'a rien vu ni rien entendu.

— Merci, c'est gentil d'avoir demandé. Ce n'est pas grave, à l'avenir je fermerai ma porte à clé.

— Très bonne idée.

Claire la remercia et monta dans sa chambre. Ce n'est qu'après avoir rangé ses affaires qu'elle sortit son téléphone de son sac. Sur l'écran, un appel manqué ainsi qu'un message vocal. Elle s'empressa de l'écouter. C'était Lucas, il lui disait qu'il la rappellerait en FaceTime vers 20 heures, heure française. Elle sauta de joie. *Et moi qui pensais que je n'aurais pas de ses nouvelles avant mon retour.* Elle regrettait à présent d'avoir mis son téléphone sur silencieux, elle devait maintenant attendre jusqu'à ce soir pour lui parler. Elle fut soulagée de voir l'heure, ce ne serait pas si long, après tout. Elle n'avait pas mesuré le temps qu'elle avait passé à Merleville. Pour s'occuper, elle prit son petit carnet et y inscrit le compte rendu de sa journée. Elle était pressée d'avoir des nouvelles de M. Migor, mais surtout qu'il se souvienne de ce médaillon.

Le dîner allait être servi, Claire se rendit dans la salle à manger. Éloïse s'était jointe à elle à la fin du repas pour prendre une tasse de café. Elles discutèrent de la journée de Claire. Éloïse avait remarqué que la jeune fille semblait agitée. Elle lui demanda poliment :

— Tout va bien ? J'ai l'impression que quelque chose vous tracasse.

— Non, non, ça va, j'ai seulement hâte que mon ami m'appelle.

Elle commença à lui parler de Lucas. Éloïse comprenait mieux pourquoi elle trépignait d'impatience dans son coin. Claire interrompit leur discussion, il était presque 20 heures, Lucas n'allait pas tarder à la contacter. Elle remercia Éloïse pour le café et se dirigea vers sa chambre.

Elle ouvrit son ordinateur et patienta quelques minutes. Sur son écran, la fenêtre d'appel vidéo de FaceTime venait de s'afficher. Elle appuya sur la touche pour décrocher, et Lucas apparut.

— Salut !

— Comment vas-tu ? Ça fait du bien de te voir et d'entendre ta voix.

— Moi ça va, mais c'est plutôt à toi qu'il faut demander ça.

— Écoute, pour le moment ça peut aller, ce n'est que le début de mon séjour, tu sais, il n'y a pas grand-chose à en dire pour l'instant.

Ils passèrent des heures en ligne. À certains moments, ils ne se parlaient même pas, et à d'autres Claire ne s'arrêtait plus. Lorsqu'elle raccrocha, elle était heureuse d'avoir pu lui parler de tout et de rien. La distance qui les séparait commençait à se faire sentir, et son appel tombait à point. Son seul regret : il ne lui donna pas de date exacte quant à sa venue. Elle ne voulut pas insister une nouvelle fois, elle préféra se taire.

Cela faisait déjà deux jours qu'elle avait rendu visite à l'antiquaire, et toujours pas de nouvelles. *J'espère qu'il va me téléphoner, je veux récupérer ce médaillon, avec ou sans indice.* Elle tournait en rond dans le salon. À plusieurs reprises elle consulta son téléphone, mais aucun appel ni message de la part du vieil homme.

Après une semaine d'attente interminable,

M. Migor appela enfin. Claire ne se fit pas prier pour venir. Elle déboula à toute allure dans la boutique.

— M. Migor, vous êtes là ? C'est Claire, c'est au sujet du collier.

— Un instant, je suis à vous dans une seconde.

Claire ne tenait plus en place, qu'avait-il bien pu trouver ? Et est-ce que cela l'aiderait ? Le vieux monsieur s'avança vers elle et lui dit :

— Aviez-vous remarqué l'inscription au dos du médaillon ?

— J'avais effectivement constaté quelque chose, mais comme c'était illisible je ne m'y suis pas attardée, pourquoi ?

— Vous souvenez-vous, lorsque je vous ai dit que je restaurais de vieux meubles ? Eh bien, cela n'est pas la seule chose que je sache faire.

Claire en était sûre maintenant, il avait réussi à la déchiffrer.

— Montrez-moi.

M. Migor tendit la main, et Claire se rua sur le collier, elle le tourna et lut à haute voix :

— E54, R32, C8. Quoi ? Je suis censée comprendre ?

— C'est étrange, car si je ne me trompe pas et je ne crois pas me tromper, mon système de classement des objets anciens correspond exactement à ce code.

Claire ne saisissait toujours pas.

— Tous les objets que vous voyez là n'ont pas vraiment de valeur, si ce n'est sentimentale. En revanche, je possède un entrepôt attenant à la boutique. À l'intérieur, je garde les pièces de collection, les pièces rares. Pour certaines, c'est moi qui les ai trouvées, et pour les autres, ce sont des gens qui me les ont apportées. Je devais les vendre ou tout simplement les stocker. On peut considérer cela comme une sorte de coffre-fort, vous savez, comme ceux que l'on trouve dans les banques.

— Oui… D'accord, mais où voulez-vous en venir ?

— Pour m'en sortir, j'ai numéroté les étagères, les rangées ainsi que les cartons. Donc, si on se réfère au code du médaillon, je dirai qu'il faut qu'on regarde sur l'étagère 54, la rangée 32, le carton 8.

Claire n'en revenait pas, pourquoi tant de mystères ? Elle ne s'imaginait pas devoir faire face à autant de secrets. Pour commencer, l'adresse cachée dans le médaillon, maintenant un code effacé. Cela devenait de plus en plus bizarre. M. Migor l'invita à le suivre dans l'autre bâtiment pour vérifier sa théorie.

En pénétrant à l'intérieur, Claire remarqua que l'air était plus frais, plus respirable ici. M. Migor la fit patienter. Elle le vit s'éloigner, quand soudain une lumière aveuglante vint inonder la pièce. Elle observa l'endroit dans son ensemble, de grandes étagères parcouraient les murs, il y en avait sur des dizaines de mètres. M. Migor s'avança vers elle et lui dit :

— Impressionnant, n'est-ce pas ?

Elle resta bouche bée devant ce qu'elle venait de découvrir. Après quelques secondes de silence, elle finit par lui répondre :

— Cet endroit est incroyable, je n'en reviens pas que vous ayez stocké autant de choses, cela a dû vous prendre des années.

— Effectivement, j'y ai consacré ma vie entière.

Elle ne savait pas où regarder. Il y avait des centaines de cartons entreposés sur ces étagères. Lorsqu'elle était entrée, elle ne s'imaginait pas découvrir une telle chose. M. Migor lui fit signe de la suivre. *Heureusement qu'il y a un système de rangement, j'aurais été incapable de savoir par où commencer.*

Le vieil homme progressait machinalement vers sa destination, Claire avait du mal à le suivre, elle avait dû s'arrêter à plusieurs reprises pour reprendre son souffle. Le chemin lui semblait interminable. Elle avait cette impression étrange qu'elle reculait au lieu d'avancer, comme si une force invisible la retenait. M. Migor ne s'était pas rendu compte que la jeune fille n'arrivait pas à tenir la cadence, il marchait toujours avec détermination. Ce n'est que lorsque Claire lui cria de ralentir et de l'attendre qu'il détourna le regard vers elle et s'aperçut alors de la distance qui les séparait. Une fois à sa hauteur, il s'excusa de l'impatience dont il faisait preuve et lui promit de réduire le rythme. Ils se mirent à nouveau en route. D'après M. Migor, le carton qu'ils recherchaient n'était plus très loin. Claire espérait qu'il disait vrai, car elle n'en pouvait plus. À la simple pensée de devoir refaire le trajet en sens inverse, elle en était malade. Elle poussa un soupir de soulagement lorsqu'il s'arrêta. Devant eux se dressait une immense étagère marquée du chiffre 54. Elle observa attentivement l'édifice, il y avait des numéros sur chacune des rangées ainsi que sur chaque carton. Elle leva les yeux et se demanda par quel moyen M. Migor allait accéder là-haut. Elle n'eut pas le temps de lui poser la question. Il appuya sur un bouton qui se trouvait sur le côté du mur, et un bruit de roulement se fit entendre. Le mécanisme était activé, un monte-charge placé sur des rails s'avança jusqu'à eux avant de s'arrêter net devant le numéro 54.

— C'est une plaisanterie ? lança-t-elle.

M. Migor ne comprenait pas.

— Vous allez me dire que le seul moyen d'arriver là-haut, c'est un monte-charge, avec pour seule sécurité une corde en guise de harnais ? Excusez-moi, mais niveau sûreté, j'ai déjà vu mieux.

— Comment pensiez-vous y accéder ? Avec un ascenseur invisible ? Il n'y a toujours eu que ce moyen-là, et ce système fonctionne depuis toujours, vous n'avez pas de raison d'avoir peur.

Claire le fixa, stupéfaite de sa réponse.

— Eh bien, je ne suis pas rassurée.

Il vit dans ses yeux que la panique l'avait envahie. Pour la calmer, il lui dit :

— Ne vous inquiétez pas, tout va très bien se passer. Le tout, c'est de ne pas regarder en bas, vous avancez à votre rythme, et tout ira bien.

Elle n'était pas sûre de bien comprendre ce qu'il disait.

— Attendez, vous n'êtes pas en train de dire que celle qui va monter là-haut chercher ce fameux carton, c'est moi ?

Un petit sourire se dessina sur ses lèvres.

— Je ne pensais pas devoir vous le préciser, cela me semblait être une évidence, vu mon âge, il ne m'est plus possible de grimper aussi haut.

Claire resta figée sur place, les yeux rivés sur l'appareil. Elle n'était pas de nature peureuse mais souffrait néanmoins de vertige. Était-elle prête à découvrir ce qui se cachait dans ce carton, au péril de sa vie ? Certainement pas. Le vieil homme tentait de l'apaiser, mais ça n'avait pas l'air de bien marcher. Il lui fallut un bon moment avant de rouvrir la bouche.

— Écoutez, je ne suis pas certaine que ce soit une bonne idée, si jamais il devait m'arriver quelque chose, que feriez-vous ?

M. Migor s'approcha lentement de la jeune fille et, d'une voix réconfortante, lui dit :

— Si j'ai pu le faire pendant des années, il n'y a pas de raison que vous n'y arriviez pas. Tout est une question de concentration, il ne faut pas se précipiter. Prenez votre temps, et tout se passera bien.

— Oui, mais si jamais…

Il la coupa aussi sec.

— Ne pensez pas au pire, dites-vous que c'est comme à la bibliothèque lorsque vous voulez le livre du haut.

— Je n'ai pas souvenir d'avoir dû le faire moi-même, à la bibliothèque.

À chaque phrase qu'il disait, elle trouvait un moyen de le contredire. Elle se demandait lequel des deux était le plus pressé de découvrir ce qui se cachait dans ce carton. À entendre les arguments du vieil antiquaire, il paraissait plus enthousiaste qu'elle. *Normal, ce n'est pas lui qui doit grimper,* pensa-t-elle. Pour se convaincre d'y aller, elle se remémora les raisons qui l'avaient amenée ici. Elle avait fait un si long voyage, il aurait été dommage d'abandonner si près du but. Après s'être rappelé tout cela, elle se motiva du mieux qu'elle put et avança à tâtons jusqu'au monte-charge. M. Migor plaça autour de sa taille la corde de sécurité, qu'il accrocha de part et d'autre de la machine. Claire ne se sentait pas plus en confiance, car si elle devait tomber, elle tomberait. Il lui donna les dernières instructions.

— Lorsque vous serez arrivée au carton numéro 8,

vous n'aurez qu'à tirer sur la languette qui se trouve sur le devant de la boîte et en sortir son contenu.

— Comment vais-je faire si ce qui se trouve à l'intérieur est trop gros ou trop lourd à sortir ?

— Ne vous inquiétez pas, j'ai fait en sorte que les boîtes du haut ne contiennent que de petits objets. Il m'aurait été impossible de les soulever si elles avaient été trop volumineuses ou trop lourdes.

En entendant ces mots, Claire fut soulagée. Après tout, si M. Migor y était arrivé, il n'y avait pas de raison qu'elle échoue.

Elle commença son ascension avec prudence, pas de précipitation, pas de geste inconsidéré. La lenteur avec laquelle elle progressait faisait sourire le vieil homme. Elle prenait soin de ne pas regarder en bas, son objectif se trouvait là-haut, il n'était pas question de le lâcher des yeux. Plus elle montait et plus la sensation de peur qu'elle avait ressentie auparavant s'évanouissait, laissant place à l'excitation. Elle était sur le point de percer le mystère de cette boîte. Il ne lui fallut pas plus d'une minute pour y arriver. Ses bras et ses jambes étaient crispés. La montée fut rude, elle se cramponna de toutes ses forces à la barre du monte-charge. Elle ne put s'empêcher de jeter un rapide coup d'œil vers le bas. Elle s'aperçut à présent de la hauteur, rien d'impressionnant. Elle n'avait aucun mal à distinguer clairement M. Migor. Elle jubilait intérieurement, elle ne s'en était pas crue capable et pourtant elle y était. Le carton numéroté du chiffre 8 se trouvait devant elle, comme M. Migor l'avait dit, une petite trappe se tenait sur le devant. Elle avança prudemment sa main, la releva et la glissa à l'intérieur. Ses doigts cherchaient d'un côté et de l'autre du carton, lorsque soudain elle palpa quelque chose. Au centre de ce dernier se trouvait une petite boîte de forme rectangulaire. Elle la saisit et la sortit délicatement. Elle tenait à présent l'objet pour lequel elle avait pris tant de risques. Un sourire de satisfaction se dessinait sur ses lèvres. Toujours avec prudence, elle amorça sa descente. Arrivée en bas, Claire laissa M. Migor retirer la corde avant de lui remettre l'étui. L'excitation était palpable, que pouvait-il bien contenir ? Ils se dirigèrent vers un petit bureau situé sur le côté, et une fois installé, M. Migor ouvrit l'écrin. À l'intérieur, une tige en laiton. Sa forme était étrange. Quelque chose de familier se dégageait de cet objet, mais Claire ne parvenait pas à trouver ce que c'était. Elle interrogea le vieil homme.

— Est-ce que cela vous dit quelque chose ?

M. Migor resta perplexe devant l'objet, il semblait songeur.

— Pas vraiment, mais vous savez, ma mémoire n'est plus ce qu'elle était. Il y a peut-être un moyen. J'ai consigné l'inventaire de tous les cartons que vous pouvez voir ici dans un cahier.

Claire trouvait sa réponse bizarre. Il avait réussi à se souvenir de toutes les histoires des objets qu'il y avait dans la boutique, mais là, sa mémoire lui faisait défaut. Elle attendait de voir ce qu'il découvrirait dans ce fameux cahier, mais elle restait néanmoins sur ses gardes.

— Suivez-moi, ma chère, nous allons voir ce que nous pouvons dégoter.

Ils se dirigèrent tous les deux vers la boutique. Dans le bureau de M. Migor, sous une montagne de livres poussiéreux, le cahier. Il était énorme et paraissait peser une tonne. L'antiquaire commença ses recherches, il lui conseilla de prendre une chaise, cela allait durer un certain temps. Sur son siège, elle trépignait d'impatience.

— Étrange, très étrange, lança-t-il.

— Qu'y a-t-il ? Vous avez trouvé quelque chose ?

— Non, justement, c'est ça qui est étrange. Il n'y a rien dans mon registre concernant cet objet, et encore moins sur l'emplacement de la boîte.

Claire était dubitative. Comment cela était-il possible ? Il consignait tout, et là, aucune trace de quoi que ce soit. Tout cela devenait de plus en plus curieux. Elle demanda à M. Migor si elle pouvait jeter un œil au registre pour en être sûre. Il n'avait pas l'air très motivé mais la laissa tout de même regarder. Elle chercha, mais comme l'avait dit précédemment l'antiquaire, il n'y avait aucune note concernant l'objet. Elle lui demanda :

— Est-il possible que vous ayez oublié de le noter ?

— Non, je consigne tout avant de ranger.

— Si ce que vous dites est vrai, sans vouloir douter de vous, comment est-il arrivé là-haut ?

— C'est une bonne question à laquelle je ne peux malheureusement pas répondre.

— Tout cela ne peut pas être un simple hasard, M. Migor. Votre adresse dans un médaillon sur lequel était gravé l'emplacement de cette tige. Il doit y avoir une explication pour que toutes ces choses soient reliées entre elles.

Elle voyait bien qu'il se montrait différent, mais elle ne comprenait pas pourquoi. Il n'était pas en mesure de lui répondre et il n'avait aucun moyen de lui expliquer le comment du pourquoi. Intriguée par son comportement, elle semblait convaincue qu'il lui cachait quelque chose, mais comment savoir ? Il avait remarqué qu'elle devenait de plus en plus soupçonneuse, il lui dit alors :

— Je suis navré de ne pouvoir vous aider davantage, mais comme je vous l'ai dit, tout cela est étrange. Si vous voulez, je vais faire encore quelque recherche, mais je ne vous promets rien.

Claire était à présent fixée, elle avait vu juste, il fuyait son regard et essayait de se défiler. Pour ne pas qu'il se doute de quoi que ce soit, elle lui dit :

— Très bien, M. Migor, je vous remercie pour ce que vous avez fait pour moi, n'hésitez pas à me contacter si vous en apprenez plus.

Le vieil homme était persuadé d'avoir réussi à la duper. Il arbora son plus beau sourire et acquiesça. Juste avant de quitter la boutique, Claire arracha rapidement et discrètement la feuille du cahier et la glissa dans son sac. Rien ni personne ne l'empêcherait de découvrir le fin mot de l'histoire. Elle se précipita dehors avant qu'il ne s'aperçoive de quelque chose.

De retour à l'auberge, elle monta immédiatement à l'étage. Elle déposa sur le lit la feuille dérobée, le médaillon, l'objet trouvé chez M. Migor et la pochette contenant les éléments trouvés chez Millie. Elle avait à présent une vue d'ensemble. Il lui fallait se concentrer, commencer son investigation au début, et surtout ne pas se précipiter. Claire attrapa le bout de papier et se mit à chercher à nouveau, mais plus calmement, cette fois. *Mais… Qu'est-ce que c'est ? On dirait que… Mais oui, c'est bien ça…* En y regardant de plus près, elle remarqua qu'une ligne avait été effacée, justement la ligne qui l'intéressait. Sur le papier, il restait encore des petits bouts de gomme, elle ne s'était rendu compte de rien, mais le vieil homme avait réussi à effacer la ligne entière. C'était étonnant, la première fois qu'elle avait regardé, elle n'avait rien remarqué. Soudain, elle comprit. M. Migor ne lui avait pas montré la bonne page, voilà pourquoi elle n'avait rien vu. Cette enquête prenait une drôle de tournure. D'abord l'inscription du médaillon effacée, et maintenant cela. Elle ne savait plus quoi penser. Ce dont elle était sûre, en revanche, c'était qu'il y avait bien quelque chose qui se cachait derrière tout cela, et elle n'était pas prête à abandonner. Elle voulait se rendre à nouveau chez l'antiquaire, mais elle préférait attendre un peu. Elle avait emporté avec elle une feuille du cahier sans le lui demander, il ne serait sans doute pas content de la revoir.

Après cette première découverte, elle examina la tige, sa forme, son aspect, l'objet n'était pas commun. Il devait mesurer environ vingt centimètres de long. Lorsqu'elle le saisit entre ses doigts, elle remarqua que son index se plaça naturellement sur l'extrémité supérieure qui était incurvée. Son pouce et son majeur s'étaient positionnés dans deux encoches également incurvées et situées un peu plus bas. En dessous de celles-ci, elle apercevait quatre ailettes rétractables. La tige reprenait ensuite sa forme droite pour finir en pointe. Elle n'avait jamais rien vu de semblable, la tige devait être ancienne. Mais plus étrange encore, sur toute sa longueur se trouvaient des symboles gravés qu'elle ne comprenait pas mais qui lui paraissaient néanmoins familiers. Elle en était sûre, elles les avaient déjà vus quelque part, mais où ? Après plusieurs minutes de réflexion, elle fut interrompue par Éloïse, le repas allait être servi. Avant de descendre, elle ramassa tout ce qui traînait sur son lit et elle le rangea soigneusement dans le tiroir du bureau. Elle s'assura de le fermer à clé et vérifia deux fois pour être sûre.

Claire avala machinalement son repas, sous le regard interrogateur d'Éloïse. La jeune fille n'avait même pas posé les yeux sur son assiette. Éloïse s'avança vers elle pour lui demander si tout allait bien, mais elle n'eut pas le temps d'ouvrir la bouche, que Claire avait déjà décampé en quatrième vitesse vers l'étage. Elle resta plantée là un moment avant de réaliser que la jeune fille était déjà arrivée dans sa chambre.

— Curieux, lança-t-elle.

Claire se rua dans la pièce. Arrivée à hauteur du lit, elle recula soudainement. Une expression de terreur se figea sur son visage, elle ne bougeait plus, à présent. Elle tourna délicatement la tête et s'aperçut que le tiroir était à nouveau ouvert. Sur le lit, toutes ses affaires avaient été éparpillées grossièrement. Instinctivement, elle regarda son poignet, mais la clé n'avait pas bougé.

Comment cela est-il possible ? Il se passe des choses étranges ici. Si c'est quelqu'un qui essaye de me faire peur, eh bien, c'est réussi.

Elle ne comprenait pas ce qui se déroulait sous ses yeux et n'était même pas sûre de le vouloir. Elle pensait demander à Éloïse, mais elle connaissait déjà la réponse, ce qui lui fit encore plus peur. Elle s'avança davantage, tout en scrutant l'intégralité de la pièce. La porte de la chambre était restée ouverte, et c'était très bien comme cela. S'il devait se passer quelque chose, elle savait déjà ce qu'elle ferait. Sur la pointe des pieds, elle s'approcha du lit et examina rapidement le désordre qui le recouvrait. Elle remarqua presque aussitôt que quelque chose manquait. Elle prit son courage à deux mains pour se rapprocher encore. Soudain, dans un fracas terrible, la porte se referma. Ses lèvres laissèrent échapper un cri, et instinctivement elle ferma les yeux aussi fort qu'elle put. Prostrée devant le lit, ses yeux restés clos, sa bouche crispée de peur, elle était incapable de faire le moindre geste. Des bruits de pas et des murmures envahirent la chambre, il y avait de l'agitation autour d'elle. Sa peur était maintenant bien palpable, et après plusieurs minutes d'angoisse, et avec une force inconnue, elle entrouvrit ses yeux. L'angoisse la paralysait, mais elle se força à ouvrir davantage ses paupières. La première chose qu'elle remarqua, c'est que tout ce qui se trouvait sur le lit n'y était plus, à l'exception de la tige trouvée chez M. Migor. La porte était à nouveau grande ouverte. Rien ne laissait penser qu'il venait de se passer quelque chose. Claire dut s'asseoir un moment pour se calmer et recouvrer ses esprits, ce qui venait de lui arriver l'avait pas mal déroutée. Les battements dans sa poitrine commençaient à ralentir, et doucement, son cœur retrouvait un rythme normal. Le tremblement qu'elle avait ressenti plus tôt dans ses membres se dissipait peu à peu, et son visage retrouva des couleurs. Elle repensa rapidement à la scène et se rappela qu'il manquait un objet, exactement comme la première fois. Allongée sur le ventre, la tête penchée vers l'avant, elle scruta le dessous du lit. À nouveau, le journal se trouvait là, à sa place d'origine. Elle le saisit et le posa à côté d'elle. Elle remarqua soudain quelque chose, des inscriptions. *Mais oui, bien sûr, je savais bien que j'avais déjà vu ça quelque part.* Les symboles sur le journal qu'elle ne comprenait pas étaient exactement les mêmes que sur la tige. Elle en était sûre, à présent, les deux objets avaient un lien, et elle comptait bien découvrir lequel.

7

Claire faisait les cent pas dans la chambre. Elle réfléchissait à un moyen d'élucider le mystère de ces étranges symboles, lorsqu'elle comprit que la tige était en fait la clé qui ouvrirait enfin le journal. Hésitante, elle regarda l'orifice dans lequel elle devait aller. Son cœur battait à toute vitesse, elle n'avait pas la moindre idée de ce qu'elle allait découvrir. La scène se déroulait au ralenti. Dans une main elle tenait le journal, et dans l'autre la clé. Elle s'apprêtait à l'insérer et à enclencher le mécanisme d'ouverture. Elle prit un moment pour rassembler son courage. Une fois la tige introduite dans l'emplacement prévu à cet effet, elle la tourna délicatement d'un quart de tour puis appuya fermement sur le dessus. Un cliquetis se fit entendre, suivi d'un petit cri de sa part. Elle regarda immédiatement son index et vit une petite goutte de sang à son extrémité. Elle avait dû se blesser avec le haut de l'objet, elle ne voyait pas d'autre explication. La clé avait trouvé sa place, le processus pouvait démarrer. Ce n'était plus qu'une question de temps avant que le journal ne dévoile son contenu.

Claire l'observait avec une certaine appréhension.

Soudain, une lumière aveuglante inonda la pièce, et elle dut se cacher les yeux. Elle remarqua, au bout de quelques secondes, que l'intensité venait de baisser, elle les rouvrit alors avec précaution. Là, elle vit une chose qu'elle ne pouvait expliquer, les symboles sur le journal paraissaient s'embraser. Toujours avec la plus grande prudence, elle approcha sa main vers les dessins de feu, dans la ferme intention de les toucher. Aussi étrange que cela puisse paraître, elle n'éprouvait pas la moindre peur, elle était comme attirée par une force invisible. Il ne restait que quelques centimètres, et ses doigts entreraient en contact avec celui-ci. Quelques gouttes de sang tombèrent délicatement dessus, et subitement les symboles disparurent. Le pentagramme se mit à tourner, les deux mains s'ouvrirent et se rétractèrent sur elles-mêmes. Le spectacle devenait de plus en plus irréaliste. Cette force qu'elle avait ressentie auparavant se fit plus présente. Un bruit sourd provenant du carnet la ramena à la réalité. Lorsqu'elle reprit ses esprits, quelque chose capta son attention. Il était à présent grand ouvert.

Ses yeux écarquillés fixaient les pages blanches, lorsqu'une chose étrange se produisit. Sur les feuilles immaculées, l'esquisse d'une bâtisse se dessina. Elle parut terrifiée lorsqu'elle vit que cette dernière était rouge. Elle n'avait pas mis longtemps à comprendre que son sang servait d'encre. D'un geste vif, elle le referma violemment avant de se mettre à trembler. Dans sa tête, tout se bousculait. Malgré l'angoisse qu'elle ressentait, il l'appelait inexorablement, elle était comme soumise à sa volonté. Il lui fallait l'ouvrir à nouveau. Elle ne pouvait pas lutter, l'influence et l'emprise de ce cahier étaient plus fortes qu'elle. Après avoir pris une profonde inspiration, elle réitéra l'expérience. Sur les pages redevenues blanches, le dessin de la maison réapparut. Les traits étaient nets, fins, délicats. C'était une immense demeure de style ancien. Elle avait quelque chose de terrifiant et de fascinant en même temps. Elle scrutait le moindre détail. Ses yeux bougeaient dans toutes les directions, elle ne voulait rien manquer, il lui fallait tout voir. Soudain, son expression changea. À l'une des fenêtres, elle crut apercevoir une forme. *Comment cela est-il possible ?* Elle se concentra sur le dessin, et sa vision se fit plus précise. Il y avait bel et bien quelque chose à cette fenêtre, mais elle n'était pas capable de dire avec exactitude ce que c'était. Cette étrange découverte lui donnait la chair de poule, son corps tout entier transpirait la peur. Un cri d'horreur sorti de sa bouche lorsqu'elle vit du sang couler de la maison. Elle courut hors de la chambre à une vitesse phénoménale. En se précipitant à l'extérieur, elle tomba à terre. Éloïse, dérangée par le bruit, monta l'escalier. Arrivée à hauteur de la jeune fille, elle la vit affalée sur le sol, le visage serré dans ses mains. Elle se dirigea immédiatement vers elle.

— Claire, que vous arrive-t-il ?

La jeune fille était incapable de parler, la terreur sur son visage attestait du choc qu'elle venait de subir. Éloïse s'agenouilla et enlaça Claire. Ses membres étaient pris de spasmes, elle était frigorifiée. Interloquée et intriguée par le comportement de la jeune fille, Éloïse insista.

— Que se passe-t-il ? Y a-t-il quelque chose que je puisse faire ?

Entre deux sanglots, Claire lui dit :

— Ce n'est rien, ne vous inquiétez pas.

Elle ne voulait pas lui faire part de la situation, cela devait rester secret. Elle n'était même pas sûre que toutes les choses qui venaient de se passer soient réelles. Elle ne souhaitait pas être prise pour une folle, alors elle chercha désespérément une histoire à raconter.

— J'ai fait un terrible cauchemar, ça avait l'air tellement vrai que j'ai du mal à m'en remettre.

Éloïse la serra fort. La jeune fille se sentait en sécurité avec elle. Soutenue par cette dernière, elle se leva pour regagner sa chambre.

— Je vais essayer de dormir un peu, histoire de me calmer.

— C'est une bonne idée, si vous avez besoin de quoi que ce soit, n'hésitez pas, je serai en bas.

Elle ouvrit la porte, et Éloïse la suivit. Claire pensa immédiatement au journal resté ouvert sur le lit, il ne fallait pas qu'elle puisse le voir.

— Euh… C'est bon, ce n'est pas la peine de me raccompagner.

Mais Éloïse l'avait déjà devancée. Claire se précipita près du lit et constata que le journal n'y était plus. Malgré l'incompréhension, elle fut soulagée. Avant de quitter la chambre, Éloïse lui adressa un sourire plein de tendresse.

Elle était à nouveau seule. Elle aurait voulu rester couchée, mais le pouvoir qu'avait ce fichu journal sur elle était plus fort. D'instinct, elle pencha la tête sous le lit et y trouva le journal. Son estomac était serré, sa gorge se contractait à chaque fois qu'elle avalait sa salive et elle éprouvait à présent une sensation d'étouffement. Elle décida d'en rester là pour aujourd'hui, elle n'avait plus la force de subir toutes ces manifestations, son corps était épuisé. Il lui fallait se reposer, et pour de vrai, cette fois-ci. La force et la détermination qui l'habitaient auparavant avaient complètement quitté son être. N'étant plus sûre de rien, elle s'allongea et plongea dans le sommeil.

Sa sieste ne fut pas salvatrice du tout, elle n'avait pas réussi à occulter toutes ces choses, et d'horribles cauchemars l'avaient perturbée davantage. Au plus profond d'elle, elle savait qu'il lui fallait continuer de chercher, même si pour cela elle devait affronter ces phénomènes étranges qu'elle voyait, entendait ou même ressentait. Mais avant de se replonger là-dedans, elle décida de descendre un moment pour ne pas inquiéter Éloïse. Elle fut ravie de voir la jeune fille et lui proposa de passer au salon pour prendre une tasse de café. Les deux femmes s'installèrent près de la fenêtre.

— Je suis ravie de voir que vous allez mieux.

— Merci. J'ai fait une petite sieste, c'était la meilleure chose à faire.

— C'est vrai que vous sembliez fatiguée. Eh bien, si vous vous sentez mieux, c'est l'essentiel.

Elles passèrent la fin d'après-midi à discuter et à rire. C'était exactement ce dont Claire avait besoin, surtout pour affronter la suite. Éloïse la remercia pour sa compagnie, mais elle devait retourner travailler. Claire, quant à elle, resta encore un instant à contempler le paysage. La tête dans les nuages, elle avait réussi à faire le vide. Lorsqu'elle reprit ses esprits, elle n'avait qu'une envie, voir Lucas. Il lui fallait du réconfort, et malgré la gentillesse d'Éloïse, Lucas était le seul à réussir à la calmer. De plus, il connaissait toute l'histoire. En pensant à lui, elle versa une larme, elle se rendait compte à quel point il lui manquait. Lors de son dernier appel, il lui avait dit qu'il ferait de son mieux pour la rejoindre au plus vite, mais pour Claire cela ne suffisait pas, il fallait qu'il vienne absolument. Elle essuya ses yeux et se dirigea vers sa chambre.

Même si son absence lui pesait, la vision de Lucas lui avait redonné le courage nécessaire. Il fallait découvrir ce que contenait ce journal, aller plus loin que la première page, mais surtout passer au-delà de la vue de cette bâtisse en sang. Plus décidée que jamais, elle se précipita dans la chambre et l'attrapa. À sa grande surprise, il était à nouveau fermé. Elle essaya de le rouvrir, mais sans succès. *Qu'ai-je fait de la clé ?* Elle chercha partout, mais ne parvint pas à la retrouver. En s'asseyant sur le lit, elle sentit quelque chose lui piquer la cuisse. Elle plongea sa main dans sa poche et en sortit la tige. *Que fait-elle ici ?* Elle n'avait pas souvenir de l'y avoir mise. Encore un élément de plus qui s'ajoutait à l'étrangeté de la situation. Elle ne voulait pas se poser trop de questions, elle savait que rien n'avait de sens. Depuis le début, tout semblait irréel, et elle savait, ou du moins elle se doutait, que cela n'était pas prêt de changer. Elle sortit de sa poche l'objet et l'inséra. Le processus d'ouverture recommença une nouvelle fois à l'identique. La même bâtisse rouge apparut, et elle comprit alors que son sang avait imprégné le cahier. Cette fois-ci, elle ne reculerait pas, elle irait jusqu'au bout, même si pour cela elle devait faire abstraction de sa peur.

Le sang s'était remis à ruisseler de la maison, des formes noires faisaient des allées et venues d'une fenêtre à l'autre. Entre deux inspirations, des cris sourds envahissaient ses oreilles. Elle pouvait sentir l'atmosphère glaciale qui émanait du livre. Absorbée par ce qu'elle voyait, elle mit du temps avant de tourner la première page. Malgré l'angoisse qui la submergeait, elle saisit la feuille et la tourna lentement. Des portraits de femmes accompagnés d'une inscription qu'elle ne comprenait pas apparurent sur les feuilles blanches. Lorsqu'elle regarda de plus près, elle remarqua que des larmes de sang ruisselaient le long de leurs joues. Elle pouvait même les entendre pleurer. Cette découverte semblait inconcevable, et pourtant ! Pour chasser ces images, elle se mit à tourner les pages à une vitesse folle. Brusquement, sa main fut rejetée en arrière, elle comprit alors qu'il lui fallait tout regarder, même si elle n'en avait pas envie. Des visages, encore des visages, il n'y avait rien d'autre. Elle ne prêtait même plus attention à ces femmes, elle tournait simplement les pages pour en finir. Après une centaine, peut-être plus, elle remarqua quelque chose qui l'interpella. Autour du cou d'une des femmes, un médaillon identique à celui qu'elle avait trouvé dans les affaires de sa mère. Intriguée, elle regarda sur les portraits précédents. Elle constata qu'elles portaient toutes le même. Lorsqu'elle pensait comprendre certaines choses, une nouvelle découverte lui mettait le doute et la plongeait à nouveau dans l'inconnu. Elle avait toujours aimé les énigmes et les recherches. Eh bien, pour le coup, elle était servie. Le seul problème, ici, c'était qu'elle ne contrôlait rien. Elle se remit à le feuilleter, quand soudain elle poussa un cri. Les traits de son visage s'étaient figés, ses yeux grands ouverts restaient fixés sur la page. Ce qu'elle était en train de regarder la paralysait. À l'intérieur de ce maudit journal, elle vit les portraits de sa mère et de sa grand-mère. Elle détourna le regard et se mit à sangloter. Pourquoi apparaissaient-elles dedans ? Mais surtout, à qui appartenait-il ? Elle le reprit et regarda à nouveau, mais les portraits avaient mystérieusement disparu. Elle tourna les pages précédentes, mais là non plus il n'y avait plus rien. Son imagination lui avait-elle joué des tours ou ce bouquin était-il bien plus étrange qu'elle n'avait voulu le croire ? Les interrogations se multipliaient autour de cet objet. Elle voulait le feuilleter encore, mais un courant d'air venant de nulle part la bouscula violemment et le referma rapidement. La clé avait été projetée hors de l'orifice et avait atterri sur le sol. Quant au cahier, il s'était retrouvé sous le lit sans qu'elle ait pu comprendre comment. Elle s'approcha de la clé et voulut la ramasser, quand elle fut plaquée sur le lit. Incapable de bouger ni de crier, elle entendit une voix forte et menaçante au creux de son oreille.

— Je décide si tu peux lire ou non le journal. Il recèle des choses que tu n'imagines même pas. Il est trop tard pour faire machine arrière, maintenant. Tu devras assumer le fait de l'avoir ouvert et payer le prix de ta curiosité.

Lorsqu'elle put à nouveau se déplacer, elle se recroquevilla sur elle-même, terrifiée par ce qu'elle venait de vivre. Dans sa tête résonnait encore cette voix qui venait de l'intimider. Elle comprenait à présent qu'elle n'avait plus le choix, sa curiosité l'avait menée jusque-là, et maintenant il lui fallait endosser cette responsabilité. Claire pensait que fuir ne lui servirait à rien, cette chose, cette entité ne la laisserait pas faire, il fallait qu'elle affronte la suite, quoi qu'il lui en coûte.

8

La nuit fut agitée. Claire n'avait pas cessé de tourner en rond. Il était grand temps pour elle de retourner voir M. Migor pour obtenir une explication sur la ligne qu'il avait effacée dans le cahier.

En débarquant à Merleville, Claire prit la direction du magasin. Lorsqu'elle arriva devant, elle n'en crut pas ses yeux, la boutique avait disparu. À la place trônait une vieille bâtisse délabrée. Elle regarda aux alentours pour être sûre de ne pas s'être trompée, mais aucun doute possible, elle était bien à la bonne adresse. Elle fit le tour, jeta un coup d'œil à travers la vitre, mais l'épaisse couche de crasse qui la recouvrait l'empêchait de voir de l'autre côté. Claire devait entrer. Elle poussa de sa main la planche pourrie qui servait de porte, une odeur de renfermé s'échappa de l'ouverture. En s'enfonçant davantage dans le bâtiment, elle remarqua qu'il était désespérément vide. Plus rien n'avait de sens. Quelques jours auparavant, elle discutait avec M. Migor dans une pièce pleine de vieilleries, et là, la boutique était totalement déserte, comme si tout n'avait été que le fruit de son imagination. Claire se dirigea vers la porte qui menait à l'entrepôt, là où elle avait trouvé la clé du journal. Une fois à l'intérieur, elle marcha avec prudence. Plongée dans le noir complet, elle avançait sans vraiment savoir où elle allait. L'atmosphère qui régnait dans ce lieu lui glaçait le sang. Du bout des doigts, elle effleurait les murs pour y chercher un interrupteur. Claire n'avait aucun souvenir de l'endroit où M. Migor avait allumé la lumière, et avec le peu de visibilité, elle n'était pas sûre de le trouver. Obnubilée par cette réflexion, elle trébucha sur quelque chose. Un genou à terre, elle palpa le sol pour mettre la main sur l'objet responsable de sa chute, lorsqu'elle crut reconnaître la forme d'une chaise. Elle se releva doucement et poursuivit son chemin à l'aveugle. Son parcours semblait durer des heures. Elle se concentra pour essayer de se remémorer les lieux, l'emplacement exact de chaque chose, mais elle n'était plus sûre de rien. En s'engouffrant plus avant dans la pièce, elle constata que l'air devenait froid et pesant. Elle pouvait même sentir la buée sortir de sa bouche lorsqu'elle respirait. Faire demi-tour, il était trop tard, prendre sur elle et continuer d'avancer, elle n'avait pas trop le choix. Ses yeux commençaient à s'habituer à l'obscurité ambiante des lieux. À certains moments elle distinguait des choses, des formes qui semblaient bouger autour d'elle. Étaient-elles réelles ? Elle ne voulait pas le savoir, son objectif se trouvait droit devant, alors il fallait y aller. Soudain, au loin, Claire vit une petite lumière apparaître. Elle marcha rapidement vers elle, de peur qu'elle ne disparaisse. En arrivant à sa hauteur, elle fut surprise d'apercevoir un bureau posé au milieu de nulle part. Sur celui-ci se trouvait une enveloppe avec une inscription, « Pour Claire ». Son sang ne fit qu'un tour. D'une main tremblante, elle la saisit, prit une profonde inspiration et l'ouvrit. À l'intérieur il y avait une lettre ainsi qu'une petite clé. Que de mystères encore. Elle n'avait pas résolu les autres énigmes, que d'autres apparaissaient. Elle sortit délicatement la lettre, la déplia et se mit à la lire à voix haute.

Claire,

La clé n'est qu'un objet de plus dans votre quête de vérité, il vous faudra trouver seule les réponses à vos questions. Soyez attentive aux moindres signes, cherchez les indices qui vous mèneront là où vous devez être. Il n'y a qu'un seul moyen de découvrir l'utilité de la clé, laissez parler votre sang.

Aucun nom ne figurait au bas de la lettre, elle ne savait donc pas de qui elle venait. Elle restait perplexe quant à la dernière phrase, « laissez parler votre sang ».

Qu'est-ce que cela veut dire ?

Elle avait beau se creuser la cervelle, elle était incapable de comprendre. Elle prit la clé, l'observa sous toutes les coutures, mais elle ne constata rien d'anormal ou d'étrange, cette fois-ci. Plantée au centre de l'entrepôt vide, la tête dans ses pensées, Claire n'avait pas remarqué que la lumière venait de s'éteindre. Ce n'est qu'au moment où elle entendit un bruit derrière elle qu'elle vit l'obscurité l'entourer. L'angoisse la gagna. Ne sachant pas où aller, elle avança au hasard. À plusieurs reprises elle crut entendre des chuchotements autour d'elle. Elle ne voulait pas savoir si ce qu'elle percevait était réel, elle pressa le pas. L'atmosphère qui l'encerclait devenait de plus en plus oppressante, les murmures étaient devenus des hurlements stridents qui lui martelaient les oreilles. Elle se répétait inlassablement, et de plus en plus fort, que rien de tout ce qu'elle percevait n'existait vraiment. Mais plus elle criait et plus les voix l'envahissaient. Par chance, elle se cogna contre la porte d'entrée. À toute vitesse et sans se retourner, elle se rua hors de l'entrepôt. Elle se dirigea immédiatement vers la gare routière. Une fois à bord du bus, elle put enfin souffler.

En arrivant à l'auberge, Claire monta directement dans sa chambre. Elle était encore toute retournée par ce qu'elle venait de vivre. Elle s'affala sur son lit, lorsque son regard fut attiré vers la table de chevet. Sur son ordinateur, la fenêtre de FaceTime s'afficha. Ni une ni deux, elle tendit le bras et décrocha. Devant ses yeux, le visage de Lucas. Elle commença à lui raconter sa visite chez M. Migor, du moins l'inexplicable disparition de sa boutique. Sur l'écran, le visage de Claire avait changé. Lucas ne put s'empêcher de constater qu'elle était effrayée, que sa voix était tremblante. Il avait l'impression que Claire avait du mal à exprimer le fond de sa pensée. Il tenta de la calmer et de lui apporter son soutien, mais cela ne suffisait plus pour la jeune fille. Elle le voulait à ses côtés. Lorsqu'il lui annonça qu'il serait là d'ici une semaine, elle n'en crut pas ses oreilles. Le reste de la conversation ne tourna qu'autour de son arrivée imminente. Elle lui demanda quand est-ce qu'il lui confirmerait sa venue. Il l'appellerait le lendemain. Elle ne tenait plus en place, mais elle fit mine de garder son calme pour ne pas passer pour une hystérique. Il sentit son enthousiasme et sa joie lorsqu'elle parlait, il la connaissait mieux que personne.

Le jour J était enfin arrivé. Excitée comme une

puce, Claire déambulait dans la chambre. Elle avait passé la matinée à chercher une tenue pour l'occasion. Son choix n'avait pas été simple et il n'était d'ailleurs toujours pas définitif. Sur la pile de vêtements qui jonchaient le lit, Claire attrapa la petite robe rose pâle qu'elle avait déjà essayée deux fois auparavant. Après l'avoir enfilée, elle se contempla dans la glace. La robe épousait parfaitement sa silhouette, ses cheveux retombaient délicatement sur ses épaules, elle était magnifique. Elle aimait ce qu'elle voyait, mais elle ne voulait surtout pas en faire trop. L'heure était venue de se mettre en route, elle partit donc vêtue telle quelle.

Avant de se rendre à l'arrêt de bus de la ville, Claire avait fait une brève escale au parc qui se situait non loin de l'auberge. Elle disposait d'un peu de temps, elle prit alors place sur le banc et ferma les yeux quelques minutes. Elle sentit ses poils se hérisser. C'était une sensation agréable, comme une douce caresse. Son corps tout entier frissonnait, à présent. Elle avait l'impression de sentir des doigts se poser sur ses yeux, mais elle ne voulait pas les ouvrir, de peur de gâcher ce moment. Soudain, un souffle chaud vint caresser le creux de son oreille, suivi d'un léger murmure.

— Claire.

Ses paupières se soulevèrent délicatement, et elle vit une ombre la surplomber. Prudemment, elle tourna la tête, et une vision familière apparut. Son cœur battait à une vitesse folle, il était à deux doigts de sortir de sa poitrine. Lorsqu'elle se leva, ses jambes tremblaient, une main attrapa la sienne, et son corps fut attiré tel un aimant vers cette silhouette. Elle en avait rêvé maintes et maintes fois, de ces retrouvailles, et enfin c'était arrivé. Au milieu de ce paysage féerique, Claire enlaçait enfin Lucas. Aucun des deux ne dit quelque chose, ils restèrent là, silencieux, savourant chaque seconde ensemble. Lorsqu'ils se connectèrent à nouveau au monde qui les entourait, Claire dit :

— Si je m'attendais à ça ! J'étais justement venue t'accueillir. Mais quelle surprise de te voir.

Elle avait du mal à y croire, il se tenait là, debout devant elle, et elle ne trouvait pas ses mots.

— Je suis arrivé plus tôt que prévu, j'ai voulu visiter un peu les alentours.

Elle absorbait chaque parole qui sortait de sa bouche, comme hypnotisée par sa voix.

— Je t'ai vue et je n'ai pas pu m'empêcher de te faire la surprise. Tu avais l'air ailleurs, alors pour ne pas t'effrayer, je suis venu discrètement. Et maintenant, me voilà !

Son visage s'était illuminé, ses yeux brillaient, elle était dans tous ses états. Ce moment ne devait pas prendre fin. Une fois remise de ses émotions, elle remarqua qu'il n'avait pas de bagages.

— Tu n'as rien emporté avec toi ?

— Si, mais comme il n'y avait plus de chambre disponible, ni à l'auberge où tu es ni dans une autre, je me suis trouvé un petit chalet en dehors de la ville.

— Oh non, quel dommage.

Elle était un peu déçue d'entendre cela, mais il lui remonta immédiatement le moral.

— Ce n'est pas grave, je suis là, maintenant, c'est tout ce qui compte, non ?

— Oui, tu as raison, ce n'est qu'un point de détail. Sinon, as-tu fait bon voyage ?

— Oui, long, mais tout s'est bien passé. Que dirais-tu de me faire visiter un peu le coin ?

— Bien sûr.

Ils se mirent en route, et Claire l'emmena faire le tour de Gersandes. Après la visite guidée, Lucas lui proposa de la retrouver le soir même, au parc, après quoi il l'emmènerait dîner. Elle accepta immédiatement.

De retour à l'auberge, Claire était préoccupée. Qu'allait-elle porter ? Elle n'avait pas amené grand-chose, et le peu qui se trouvait dans sa valise ne lui convenait pas. Elle devait aller en ville pour se dénicher quelque chose de spécial. Elle demanda conseil à Éloïse sur la boutique idéale. Celle-ci lui indiqua l'adresse et l'itinéraire pour s'y rendre. Claire la remercia et partit aussitôt vers sa destination. Lorsqu'elle arriva au magasin, elle ne mit pas longtemps à dégoter la robe parfaite. Sur le chemin du retour, elle était tout excitée. Elle ne pensait qu'à une seule chose, revoir Lucas au plus vite.

En entrant dans sa chambre, elle alla directement dans la salle de bains, prit une douche rapide et commença la préparation. Elle eut soudain un pincement au cœur en se regardant, euphorique, dans le miroir. Une impression de déjà-vu. Cette scène lui rappelait le soir du bal, lorsque Millie l'avait aidée à se préparer. À cette pensée, une larme coula sur sa joue. Elle occulta ce sentiment de tristesse qui venait de l'envahir et se promit de profiter de cette soirée. Elle attrapa sa trousse à maquillage et colora ses yeux d'un joli fard à paupières rose, puis elle traça un léger trait de crayon noir sur le dessous de l'œil, accompagné d'une touche de mascara. Le bleu azur de ses yeux ressortait incroyablement. Son teint lumineux et ses lèvres naturellement rosées n'avaient nullement besoin d'artifices supplémentaires. Elle ondula quelques mèches de cheveux qu'elle laissa retomber sur ses épaules. Elle sortit la robe de son emballage et l'enfila. La sensation du tissu de soie sur sa peau était agréable. Elle finit en mettant ses chaussures et jeta un coup d'œil au résultat final. *Parfait*. Elle prit son gilet ainsi que son sac, et une profonde inspiration plus tard, elle partit rejoindre Lucas.

Claire avançait dans la chaleur du crépuscule vers son rendez-vous, toutes les inquiétudes qu'elle avait pu avoir auparavant s'étaient envolées. Elle arriva l'esprit léger au parc. Sur le banc, Lucas l'attendait. Il se leva et ne put s'empêcher de l'admirer.

— Tu es magnifique.

Il ne vit pas ses joues rosir, dans la lumière du soir, trop absorbé par sa beauté délicate. Elle le remercia. Lucas lui saisit la main, et ils restèrent là, à se regarder l'un l'autre. Plus rien n'avait d'importance. Le temps s'était figé, et ils avaient retrouvé le plaisir partagé d'être à nouveau rien que tous les deux.

Ils marchèrent un moment avant d'apercevoir au loin un petit chalet encerclé par les arbres. Il était éclairé par une lanterne accrochée sur le perron. En pénétrant, son regard fut attiré par la lumière des bougies qui se trouvaient sur une petite table. Deux assiettes étaient dressées. Elle comprit alors que le dîner se déroulerait ici et elle en était ravie. Ne partager ce moment avec personne d'autre que lui, elle n'aurait pas pu rêver mieux. Il l'invita à prendre place, pendant qu'il sortait du four le plat préféré de Claire. Lucas l'annonça, tel un vrai maître d'hôtel :

— Macaronis accompagnés de leur sauce au fromage.

Claire ne put s'empêcher de rire.

— Eh bien, ça à l'air délicieux.

Cela faisait longtemps qu'ils ne s'étaient pas retrouvés ensemble. Cette soirée était parfaite. Claire essaya de contenir sa joie et de ne rien laisser transparaître tout au long du repas, mais Lucas vit dans ses yeux cette lueur qu'il connaissait bien. Toutes les choses extraordinaires qui lui étaient arrivées ces derniers jours semblaient bien loin, à présent. Elle en parlerait à Lucas le moment venu, mais pour l'heure elle n'avait qu'un seul désir, profiter intensément de sa présence.

9

Assise sur son lit, Claire scrutait le journal. Bien décidée à l'examiner à nouveau et à aller jusqu'au bout, elle plaça la tige dans l'orifice. Le mécanisme pouvait démarrer. Elle sentit l'angoisse monter en elle, mais hors de question de reculer encore une fois.

Lorsque le journal fut grand ouvert, elle vit ressurgir la bâtisse ensanglantée. Elle n'arrivait toujours pas à s'y faire, cette vision terrible lui soulevait le cœur à chaque reprise. Elle parvint malgré tout à maîtriser sa peur et à feuilleter à nouveau les pages. Les portraits de femmes avaient disparu. Elle n'en croyait pas ses yeux, il était complètement vide. Page après page, le blanc immaculé lui rappelait combien ce livre était bizarre. Lorsqu'elle tourna la dernière feuille, quelque chose apparut sur la couverture. Elle approcha son regard et vit une serrure se dessiner. Consciente de l'étrangeté de la scène, Claire ne pouvait toutefois s'empêcher d'être fascinée. Une fois le processus achevé, elle avança ses doigts et la toucha prudemment. Stupéfaite de constater qu'elle existait réellement, elle se demanda néanmoins comment cela était possible. Non convaincue de vouloir le savoir, elle trouva quand même cela incroyable. Elle l'observa de plus près, mais elle ne remarqua rien d'anormal, comparé à celle du journal. Elle s'interrogea sur le moyen de la déverrouiller, mais surtout sur ce qui se cachait derrière. Après quelques minutes de réflexion, elle se souvint de l'enveloppe récupérée chez M. Migor et dans laquelle il y avait une clé. *Mais oui, bien sûr.* Elle se remémora alors ce que disait la lettre : « … un seul moyen de découvrir l'utilité de la clé, laissez parler votre sang ». *Pourquoi n'y ai-je pas pensé plus tôt ?* Elle n'avait pas compris le sens de la phrase auparavant, mais maintenant tout devenait limpide. Tout ce qui apparaissait dans le journal était marqué de son sang. Prête à découvrir ce qu'il renfermait, elle chercha au plus vite la clé. Avant de l'insérer, elle prit une profonde inspiration et tenta de faire cesser ses tremblements. Après avoir réussi à se calmer, elle la tourna délicatement. Sur la couverture, une petite trappe s'ouvrit, et un grincement sourd suivit. Elle la poussa rapidement, trop impatiente de savoir ce qu'elle contenait. Elle n'en revenait pas, il y avait bien quelque chose. À l'intérieur, soigneusement enroulé, un petit morceau de parchemin. Elle le sortit délicatement, et la trappe se referma aussitôt. Au moment où elle voulut récupérer la clé, elle remarqua que la serrure avait disparu. Elle ne chercha pas à comprendre, ce qu'elle venait d'obtenir lui suffisait. Lentement, elle déroula le bout de papier. Sur celui-ci elle vit une esquisse représentant deux villes nichées au milieu d'une immense forêt. Elle identifia dans l'une d'elles le nom de certaines rues. En fait, il s'agissait d'une carte de la petite ville de Gersandes, de Merleville et de ses alentours, mais sur laquelle certains endroits lui étaient étrangers.

Ne connaissant pas assez bien la région, il lui fallait chercher quelqu'un qui pourrait la renseigner davantage. Claire se demanda alors si elle avait vraiment envie que ce quelqu'un l'interroge sur ce plan et sa provenance. Elle connaissait déjà la réponse à sa question. Il lui faudrait se débrouiller seule, comme d'habitude.

Bien disposée à trouver ce que cet indice signifiait, elle consulta le dessin de plus près. À côté de Merleville, elle crut apercevoir la forme d'une maison dissimulée au cœur de l'immense forêt. La qualité du papier n'étant pas très bonne, elle n'était pas sûre de ce qu'elle voyait. Elle le posa sur le lit et reprit le journal. Avec un peu de chance, elle y trouverait peut-être quelque chose concernant la demeure. Le livre dans une main, un stylo dans l'autre, elle observait, intriguée, la scène qui se déroulait devant ses yeux. Sur les pages autrefois immaculées, une substance noire et visqueuse se mit à émerger d'une des feuilles. Elle approcha son doigt et effleura le liquide. Elle regarda le bout de son index, il était tout noir. Effrayée, elle courut à la salle de bains et frotta aussi fort qu'elle put pour ôter cette chose de son doigt, mais rien à faire, elle n'arrivait pas à s'en débarrasser. Elle retourna dans la chambre, et là, elle poussa un cri.

— Oh, non !

Le liquide inconnu s'était répandu hors du journal, le lit en était plein. Le parchemin était complètement recouvert, il ne servait plus à rien. Elle soupçonna soudain la force qui émanait de ce maudit bouquin de l'avoir volontairement détruit. Sa théorie tenait la route, surtout compte tenu des manifestations inquiétantes dont elle avait été témoin. Le journal continuait de déverser cette espèce d'encre. Elle tenta de le refermer pour minimiser les dégâts, mais elle n'y parvint pas. En plus de son doigt, ses mains entières étaient maintenant recouvertes par cette matière, et celle-ci se répandait à vive allure dans le reste de la chambre. Claire angoissait. Toutes ses tentatives pour stopper la propagation de ce fluide ne fonctionnaient pas. Au bout d'une dizaine de minutes, la totalité de la pièce était envahie. Ses pieds baignaient dans une mare gluante, et une odeur nauséabonde s'en dégageait. Elle se précipita vers la fenêtre pour l'ouvrir. Un courant d'air frais s'engouffra dans la chambre, et elle put respirer à nouveau. Elle était prise de nausée, la puanteur lui soulevait le cœur. Claire tenta de regagner le lit pour atteindre le journal. Ses pieds avançaient difficilement. Elle peinait à les décoller du sol, la substance commençait à l'envelopper, et elle ne pouvait s'empêcher de paniquer. La fenêtre venait de claquer derrière elle. Claire se trouvait à présent enfermée, impossible pour elle de respirer, prise au piège dans une marée noire. À bout de souffle et sans repère, elle lâcha prise. Quelque chose l'attirait vers le fond, semblable à des centaines de mains qui l'agrippaient. Ne pouvant lutter contre cette puissance invisible mais pourtant bien palpable, elle glissa vers le bas. Immergée totalement, elle crut mourir. Incapable de bouger, comme enchaînée, elle se laissa aller. Soudain, ses pieds touchèrent le sol. À présent plantée telle une statue de pierre, elle sentit autour d'elle une présence accompagnée de murmures. Incapable de situer les choses, elle fut gagnée par une terreur grandissante. Les ténèbres l'envahissaient, elle n'était plus maîtresse d'elle-même. Sous l'épaisse couche qui lui noyait le corps, l'entité l'obligea à ouvrir les yeux, et elle crut apercevoir des silhouettes bouger autour d'elle. Dans une sorte de danse macabre des ombres s'avançaient dangereusement. Une douleur vive la traversa lorsque l'une d'elles vint se plaquer contre elle. Toujours immobilisée, elle assistait, impuissante, à l'attaque de ces choses sur elle. Entre deux cris de douleur, elle entendit une voix rauque l'appeler, comme pour l'amener au plus profond des abîmes. Comme Claire ne réagit pas, la voix se fit plus menaçante, et Claire fut tirée en arrière d'un geste brusque. Sous ses yeux endoloris, une scène étrange se déroulait. Les formes noires lui faisaient signe de les suivre. Claire ne pouvait résister, son être tout entier se laissa guider malgré elle. Au fur et à mesure qu'elle s'enfonçait dans cet épais brouillard noir, elle se sentait suffoquer. L'odeur âcre lui brûlait le nez, et son corps la faisait souffrir. Ses assaillants ne la ménageaient pas et la forçaient à accélérer le pas. Elle aurait voulu fuir, mais pour aller où ? Pour commencer, était-elle toujours dans sa chambre ? Elle n'en savait rien. Tout était devenu irréel. Elle fut stoppée violemment. Les silhouettes lui montraient le trajet à prendre. À partir de là, elle devait y aller seule. Déterminée à se sortir de cette situation, elle emprunta le sentier qui se présentait devant elle. Avançant rapidement mais ne sachant pas où elle devait se rendre, elle entendit de nouveau les murmures.

— Il te veut et il t'aura… Tu découvriras ce que tu cherches, mais à quel prix ?

Elle n'avait prêté attention qu'à la seconde partie de la phrase. Les voix se répétaient, mais elle n'écoutait plus. Sa vision devint soudain un peu plus claire. Elle regarda autour d'elle, un chemin de pierre se dessinait au travers de la forêt dense. Sous l'épaisse couche de feuillage, elle crut apercevoir le toit d'une maison. Galvanisée par ce qu'elle voyait, elle voulut presser le pas, mais elle fut assaillie par des branches d'arbre qui l'empêchaient d'aller plus loin. À présent immobile, elle s'acharnait pour essayer de se défaire de cette gangue, mais rien n'y fit, elle était bloquée. La douleur dans ses membres était trop forte, le manque d'air encore plus terrible, ses yeux se révulsèrent, et Claire s'évanouit.

Lorsqu'elle reprit connaissance, ses yeux peinaient à rester ouverts. Un feu terrible lui brûlait le corps, son estomac était noué, et la puanteur ambiante l'écœurait. La chambre avait retrouvé son calme, et le déferlement de liquide noirâtre avait cessé. Encore groggy de sa mésaventure, elle brandit une main vers le pied du lit et se tira difficilement vers celui-ci. Ses yeux observaient frénétiquement la pièce dans son ensemble, tout paraissait normal. *Incroyable.* Claire n'en revenait pas. *Était-ce le fruit de mon imagination ?* À en juger par la douleur dans ses jambes, non, elle n'avait pas rêvé, bien au contraire. Le journal, grand ouvert, se trouvait toujours posé sur le lit. Elle le feuilleta rapidement, mais il ne contenait plus rien. Le plan restait introuvable. Persuadée de l'avoir laissé près du journal, elle secoua la couette et jeta un œil sous le lit, mais rien. Tournant à nouveau les pages, elle fit tomber une feuille sur le sol. Ce bout de papier confirmait que tout ce qu'elle venait de vivre s'était réellement produit. Là, devant ses yeux, la substance visqueuse le recouvrait encore. Elle se remémora la scène. Les ombres l'avaient forcée à emprunter un chemin, et ce dernier ressemblait étrangement à celui sur la carte.

Elle ne comprenait pas pourquoi on l'y avait emmenée si on l'empêchait d'y accéder ensuite. Elle voulait aller jusqu'à la maison, mais celui qui contrôlait tout ne l'avait pas laissée faire. *Pourquoi ?* Elle se laissa tomber sur le lit et repensa à tous ces événements. La journée avait été difficile et riche en rebondissements. Son corps ne tenait plus. À bout de force, elle plongea dans le sommeil.

À son réveil, Claire essaya de se souvenir des indications dessinées sur le plan. Sur un bout de papier, elle nota tout ce dont elle se souvenait. Elle prit son sac et décida d'aller à Merleville pour voir ce qu'elle y trouverait. Son croquis ne ressemblait pas tout à fait à l'original, mais cela lui suffisait pour commencer ses recherches. Elle se rappelait l'épaisse forêt qui entourait une maison et elle voulait justement repérer cette maison. Le reste, elle s'en fichait pas mal. Malheureusement, après observation des alentours, elle constata que rien de semblable n'existait. Bien décidée à mettre la main dessus, elle continua son exploration.

Le coin était plutôt glauque, comparé à Gersandes, mais après tout la chance serait peut-être de son côté. Elle se dirigea vers la place principale et scruta l'horizon. Merleville ressemblait à ces villes fantômes que l'on voit dans les films. Des habitations délabrées entourées de pelouses en piteux état, le tout coincé dans des rues sinistres. Si Claire n'avait pas croisé quelques badauds à sa descente de bus, elle aurait vraiment cru Merleville désert. Elle s'enfonça dans les ruelles et chercha un moyen de se rendre à l'endroit le plus haut de la ville. Lorsqu'elle trouva enfin la colline, elle grimpa rapidement jusqu'au sommet. Elle apercevait à présent Merleville dans son ensemble. Sur le flanc gauche, se trouvait un petit sentier. Elle se dirigea vers celui-ci et commença à descendre. Arrivée en bas, elle découvrit une grande étendue d'eau qu'elle n'avait pas aperçue du haut de la colline. Devant elle se dressait un ponton auquel était amarrée une vieille barque. La largeur du plan d'eau devait faire une trentaine de mètres environ, cependant il s'étalait sur une grande distance. Elle n'était pas capable d'estimer avec exactitude sa longueur. Elle comprit alors que le seul moyen de se rendre sur la berge opposée était d'emprunter l'embarcation. Elle aurait voulu continuer ses investigations, mais la nuit n'allait pas tarder à tomber, et il lui serait impossible d'y voir quelque chose. Bien décidée à revenir dans la matinée, elle rebroussa chemin et rentra à l'auberge. Sur le trajet du retour, elle décida d'interroger Éloïse. Elle pourrait peut-être lui dire ce qui se trouvait là-bas. Il lui fallait savoir s'il y avait bien une maison comme elle avait cru le voir sur la carte. Toutes ces choses ne lui étaient pas arrivées par hasard, l'explication devait être là-bas.

En passant la porte de l'auberge, elle rejoignit Éloïse dans le salon et lui demanda immédiatement :

— Bonsoir, désolée de vous interrompre, mais j'aurais aimé vous parler de quelque chose assez rapidement.

— Bonsoir, eh bien, vous me semblez pressée. Laissez-moi juste un instant, et je suis à vous. Pourquoi n'iriez-vous pas m'attendre dans le fond, je vous rejoins ?

Claire alla s'asseoir et patienta. Lorsque Éloïse arriva, elle n'eut même pas le temps de s'installer que Claire commença à lui balancer ses questions.

— Merleville, vous connaissez bien ?

— Euh… Oui et non, ce n'est pas un endroit où j'aime me rendre, il faut dire que je n'en ai pas l'utilité. Pourquoi cette question ?

— J'ai fait une balade, ici et là, et j'ai poussé jusqu'à Merleville. J'ai fait le grand tour et j'ai vu qu'il y avait une vieille maison nichée dans la forêt. Vous savez, juste de l'autre côté du lac ?

Éloïse restait silencieuse, Claire venait de comprendre qu'elle savait très bien de quelle maison elle parlait. Éloïse hésita un moment puis fini par lui raconter.

— Il y a quelques années, une sombre histoire est venue frapper Gersandes. Une jeune fille, Cécile Frank, est venue rendre visite à sa famille. Quelques jours plus tard, elle avait disparu sans aucune explication. On a d'abord pensé qu'elle avait quitté la ville, mais d'autres disparitions ont suivi.

Éloïse prit un instant, son visage se fit plus grave.

— Les habitants ont lancé des battues pour les retrouver, mais sans succès.

Claire ne semblait pas comprendre pourquoi elle lui racontait tout cela. Éloïse continua.

— Certaines personnes, y compris moi, je l'avoue, ont pensé que l'auteur de ces disparitions n'était autre que le vieux Marshall. On n'a jamais su exactement où il vivait, mais à l'époque tout le monde était persuadé qu'il occupait la vieille demeure dans la forêt de Merleville.

Claire semblait captivée par les propos d'Éloïse, elle la laissa continuer sans l'interrompre.

— Il ne sortait que tard dans la nuit. Il terrifiait les gens qui avaient le malheur de croiser son chemin. Je me souviens l'avoir aperçu un soir, près du parc, rien que d'en parler j'en ai des frissons. C'était un homme très grand et d'une maigreur terrifiante. Ses cheveux étaient d'un noir profond, et son visage…

Elle s'arrêta un instant comme pour chasser cette image de sa tête.

— La colère, la méchanceté et la terreur, voilà ce que reflétait son horrible visage. La façon qu'il avait de s'habiller collait parfaitement avec le personnage. Toujours accoutré d'un vieux costume sombre, d'un long manteau noir et d'un vieux chapeau. Il y avait ce bruit qui le précédait chaque fois, celui de son horrible canne. Toutes les nuits, ce son résonnait dans la ville, comme pour annoncer sa venue. On le soupçonnait de prendre un malin plaisir à la frapper de cette manière, sans doute pour en retirer une espèce de satisfaction perverse.

Claire sentait bien que la voix d'Éloïse avait changé, elle était devenue tremblante, et son visage avait pâli. À croire que toute la chaleur de son corps l'avait quittée. Son regard aussi avait changé, il était fuyant. Elle voulut l'interrompre, mais cette dernière continua.

— Écoutez-moi bien, Claire, je vous déconseille fortement de vous aventurer là-bas. À l'époque, déjà, il n'aimait pas les gens, et je suppose encore moins les visites. Faites bien attention, je n'affabule pas. Ce que je viens de vous raconter n'est pas une de ces légendes urbaines que l'on entend ici et là.

Son ton s'était fait plus autoritaire, comme pour bien faire comprendre à la jeune fille que se rendre là-bas était interdit. Claire lui dit néanmoins :

— J'avais cru voir quelque chose dans la forêt, et d'après ce que vous me dites, je ne me suis pas trompée. Ne vous inquiétcz, pas je serai très prudente. Je vous remercie de m'avoir raconté tout ça. Je vais monter me rafraîchir un peu avant le dîner.

Pour ne pas alarmer Éloïse sur ses intentions, Claire lui proposa de prendre un café après le repas.

— Avec plaisir, répondit Éloïse, loin de se douter de quoi que ce soit.

Claire monta dans sa chambre, s'installa sur le lit et sortit de son sac sa pochette à indices. Sur la carte, elle ajouta le plan d'eau, avec en commentaire : « maison Marshall ? ». Elle nota ensuite dans son petit carnet un condensé de l'histoire d'Éloïse. Elle ferait sans doute quelques recherches avant de s'y rendre, si toutefois elle décidait d'y aller. Dans tous les cas, si elle prenait le risque de s'aventurer là-bas, une chose était sûre, elle ne le dirait pas à Éloïse.

Après le repas, elle prit comme convenu un café avec Éloïse. Aucune des deux n'aborda le sujet de Marshall. La jeune fille ne voulait pas lui mettre la puce à l'oreille, il ne fallait surtout pas qu'elle sache que Claire prévoyait d'y aller. Cela devait rester secret.

10

En se réveillant ce jour-là, Claire reçut un message : *Rejoins-moi ce soir, au chalet, Lucas.* Elle était impatiente de le retrouver. Elle allait se diriger vers la salle de bains, lorsqu'elle remarqua que le journal était entre-bâillé sur le sol. Persuadée de l'avoir rangé, mais surtout de ne pas l'avoir rouvert depuis sa mésaventure de l'autre jour, elle resta perplexe. Elle scruta les alentours, mais rien ne paraissait changé. Elle regarda dans le tiroir du bureau, la clé était là. Qu'est-ce que cela pouvait bien signifier encore ? Elle s'approcha du carnet et contempla, apeurée, les feuilles se couvrir de sang. Lorsqu'elles furent complètement submergées, une chose effrayante se produisit. Une forme apparut. Cette dernière chuchotait quelque chose. Claire approcha son oreille, et une voix lui murmura :

— Ne les écoute pas, ils mentent tous.

Sous le choc de ce qu'elle venait d'entendre, elle recula immédiatement. Une main noire vint se plaquer sur le visage, comme pour empêcher la forme de parler, puis cette dernière disparut. Ses paroles résonnaient encore en Claire. Les pages avaient retrouvé leur couleur d'origine, mais une inscription à l'écriture

soignée se forma : *Suis ton intuition, tu ne le regretteras pas.*
Claire ne savait plus quoi penser. D'abord, le journal
la mettait en garde, et ensuite il l'invitait à continuer. Il
fallait qu'elle réfléchisse à ce qu'elle allait faire. Ce
n'était pas la première fois que des voix désincarnées
lui soufflaient des choses de ce genre, mais devait-elle
les croire ? Tout bien considéré, elle était là pour une
bonne raison et elle semblait convaincue que certaines
de ces voix ne voulaient pas qu'elle découvre la vérité.
Le motif, elle n'en avait pas la moindre idée. Après
avoir mûrement réfléchi à cette théorie, Claire était
déterminée à continuer coûte que coûte. Elle reporta
son regard sur les pages. L'inscription s'était effacée
pour laisser place à une autre : *Je te montrerai le chemin.*
Sur la page voisine, un trait fin et délicat se posa sur le
papier. Claire observait la scène avec un soupçon
d'émerveillement. Elle voyait se dessiner une carte
détaillée de l'endroit où elle avait voulu se rendre.
Lorsque l'esquisse fut terminée, elle reconnut le sentier qu'elle avait pris juste avant que la substance noire
du journal ne l'enveloppe. Le croquis était plus précis
que celui sur le parchemin. Il ne s'agissait en fait que
de la route à emprunter pour se rendre à la maison
derrière le lac. D'après ce qu'elle observait, elle
n'aurait aucun mal à s'y rendre. Ce livre n'étant pas
fiable, elle le reproduisit sur son bloc-notes et le mit
dans son sac.

Soudain, un bruit perçant envahit la chambre. Déstabilisée, Claire tomba genoux à terre. L'effet sonore
émis par le journal était insupportable. Elle tenta de
rejoindre ce dernier, mais la douleur infligée par ce
son l'empêchait d'avancer. Elle regardait de loin des
ongles le lacérer. L'acharnement était tel que les

feuilles se déchirèrent. Le plan n'était plus qu'un amas de lambeaux. Les cris stridents se mêlèrent à des pleurs terribles, puis à des rires machiavéliques pour finir par un silence de mort. Elle resta immobile sur le sol, les mains toujours fermement plaquées sur ses oreilles, incapable d'effacer la terreur sur son visage. Que venait-il de se passer ? Elle l'ignorait, mais l'intensité de ce moment avait été bien pire que toutes les choses qu'elle avait vécues ces derniers jours. Elle avait mis une telle force pour empêcher ce vacarme de la rendre sourde qu'elle en avait des fourmis dans les doigts. Elle se releva péniblement. Une fois près du lit, elle constata les dégâts. Les pages avaient été littéralement arrachées, il ne restait plus rien ni du dessin ni du journal. La seule chose qui demeurait intacte était la couverture. Elle n'en revenait pas. *Peut-être qu'en le rangeant comme je le fais d'habitude, je le retrouverai comme avant.* De toute façon, elle en avait assez vu pour aujourd'hui, il était temps pour elle de partir.

Sur le chemin du chalet, elle se remémora ce qu'elle avait vécu. Il fallait absolument qu'elle en parle, le simple fait d'y penser la rendait malade. Elle frappa à la porte, et Lucas apparut. En le voyant, elle oublia tout. Il l'invita à entrer. Ils s'observèrent, silencieux. Plus rien n'avait d'importance, la seule chose qu'elle voulait, c'était que cet instant dure toujours. Il avait néanmoins remarqué son air absent, à certains moments. Il l'interrogea.

— Quelque chose te tracasse ?

— Euh… Non, ce n'est rien.

— Je vois bien qu'il y a quelque chose.

Claire songeait à lui en parler, mais elle ne savait pas trop par où commencer. Si elle devait lui dire, il fallait tout reprendre depuis le début. Elle se sentait en sécurité avec lui et elle savait qu'il ne la prendrait pas pour une folle. Elle se mit à tout lui raconter. Lorsqu'elle eut fini, Lucas lui dit :

— Attends une minute, que je comprenne bien ce que tu viens de me révéler. Je ne mets pas ta parole en doute, mais es-tu sûre que tout cela était bien réel ? Tu sais, il peut arriver que ton cerveau te joue des tours lorsque tu te trouves dans une situation délicate. Et ce que tu viens de me confier y ressemble.

Claire n'en revenait pas, elle pensait qu'il serait de son côté et non pas perplexe de la sorte.

Lucas tenta néanmoins de la rassurer.

— Écoute-moi, je suis un peu surpris par tes propos, c'est tout. Je ne dis pas que tu inventes tout ce qui t'arrive, mais imagine que les rôles soient inversés, comment réagirais-tu ?

Elle n'avait pas vu les choses sous cet angle. Son histoire n'était pas banale. À présent, elle comprenait mieux sa réaction. Elle lui dit :

— Ne t'inquiète pas. Je ne t'en veux pas. C'est normal que tu sois surpris ou dubitatif par les faits exposés de la sorte, il est vrai que moi aussi j'aurais douté.

Malgré toutes les interrogations qu'il avait, il savait au plus profond de lui que Claire n'était pas du genre à affabuler. Il s'en voulait même un peu de ne pas avoir été là pour elle pendant ses recherches. Il aurait pu alors constater par lui-même ces phénomènes.

Claire vit un soupçon de culpabilité dans ses yeux. Immédiatement, elle lui dit :

— Tu es là, maintenant, c'est tout ce qui compte.

— Tu m'étonneras toujours. Je ne sais pas comment tu as fait pour ne pas devenir hystérique avec tout ce qui t'est arrivé.

Claire sourit.

— C'était limite, je l'avoue.

Elle se leva pour prendre le plan dans son sac et le montrer à Lucas.

— Regarde, tu vois la maison, au milieu de cette épaisse forêt ? Eh bien, c'est là que je dois aller si je veux découvrir le pourquoi de ma venue ici.

Ce bout de papier ne laissait plus planer aucun doute dans l'esprit de Lucas, elle disait la vérité. La preuve se trouvait devant lui.

— Es-tu sûre de vouloir y aller seule ?

— J'ai peur que si tu m'accompagnes les choses que j'ai vécues ces derniers jours ne se manifestent plus, et il me faut absolument découvrir le fin mot de cette histoire.

— Je sais bien, mais je ne suis pas très confiant. Je te propose quelque chose. Je vais repérer les lieux pour toi et si je pense que c'est trop dangereux, eh bien, tu n'iras pas seule, qu'en dis-tu ?

Claire était ravie de voir que Lucas s'inquiétait pour elle, elle accepta sans sourciller.

— Très bien, je te ferai mon rapport détaillé demain soir, ici même.

— D'accord.

Au petit matin, Claire se réveilla. Elle était seule. Elle se leva pour chercher Lucas, mais il n'était plus là. Une chose attira immédiatement son regard, le plan avait également disparu. *Eh bien, quand il dit qu'il va faire quelque chose, il le fait.* Elle s'habilla et retourna à l'auberge en attendant de revoir Lucas dans la soirée.

Lorsqu'elle pénétra dans sa chambre, elle ne pensait qu'à une seule chose, le journal. Elle ouvrit le tiroir, et là, stupeur, ce dernier n'avait pas repris son apparence d'origine.

11

Claire arriva chez Lucas. Après avoir frappé plusieurs fois, et n'ayant eu aucune réponse, elle tourna la poignée et entra. Il faisait sombre à l'intérieur, et l'endroit avait l'air désert. Elle chercha l'interrupteur du bout des doigts. Une fois le chalet éclairé, elle émit un cri de surprise. Il n'y avait aucune trace d'un éventuel séjour de Lucas. Toutes les affaires du jeune homme avaient mystérieusement disparu. Il ne restait qu'une seule chose sur la table, le plan. Elle chercha quelque chose qui prouverait sa présence, mais en vain. Déconcertée, elle se demanda alors ce qui lui avait pris de lui montrer cette carte, et surtout pourquoi elle avait accepté qu'il s'y rende seul. Elle ne pouvait s'empêcher de s'en vouloir. Que lui était-il arrivé ? Où pouvait-il bien être ? Elle s'effondra sur le lit, en sanglots. Sa tête la faisait souffrir, elle ferma les yeux et plongea dans le sommeil.

Elle se réveilla en sueur. Elle avait crié le prénom de Lucas en dormant. Lorsqu'elle vit qu'elle se trouvait dans la cabane, elle comprit alors qu'elle n'avait pas rêvé, il s'était bel et bien volatilisé. Elle se passa un coup d'eau sur le visage. Ses yeux étaient cernés, et son reflet dans le miroir n'avait rien d'agréable.

Bien décidée à retrouver Lucas, Claire attrapa le plan et se mit en route. Elle emprunta le sentier indiqué sur le papier. Elle avançait à pas de géant, il fallait qu'elle sache où il était, mais elle devait surtout découvrir ce qui se cachait derrière toutes ces histoires. Elle atteignit rapidement le lac. Elle s'installa avec précaution dans la barque et se mit à ramer aussi vite qu'elle put. Arrivée sur l'autre berge, elle attacha l'embarcation et reprit sa route. Il devait y avoir une bonne heure de marche, mais cela ne lui faisait pas peur. Au bout de trente minutes d'ascension, elle vit le ciel s'assombrir. Quelque peu effrayée, elle observa autour d'elle. La forêt s'était faite plus dense. Elle fut soulagée d'avoir trouvé une explication rationnelle, pour une fois. Le chemin emprunté débouchait sur une pente sinueuse et obscure, mais elle avançait toujours avec détermination. Au bout de la route se trouvait un croisement. Lorsqu'elle le vit, Claire ressentit une impression de déjà-vu, et son cœur se mit à battre à toute allure. Elle en était persuadée, elle était déjà venue ici. Elle se tenait à l'endroit exact où les arbres l'avaient ensevelie lorsque la substance noire était apparue. Cette fois-ci, rien ni personne ne l'empêcherait d'avancer.

Arrivée au terme de sa progression, elle aperçut un portail. Il était fixé à d'immenses colonnes de béton recouvertes d'une mousse verdâtre. Sur celui-ci se dressait un panneau, avec une inscription en gros caractères : « DÉFENSE D'ENTRER ». Les grilles étaient verrouillées par une énorme chaîne sur laquelle trônait un vieux cadenas rouillé. Elle n'en revenait pas, elle avait trouvé la maison. Elle fit le tour de celle-ci pour chercher un autre accès, mais sans grand succès. Claire observa les alentours, il n'y avait pas âme qui vive. Elle examina l'édifice. Il lui semblait familier, mais elle n'arrivait pas à se souvenir où elle l'avait vu. Elle était trop excitée par sa découverte pour penser à autre chose. La demeure était entourée d'un immense jardin dont l'état actuel était pitoyable. La façade n'avait pas fière allure non plus. Les fenêtres, quant à elles, étaient brisées à certains endroits et recouvertes d'une épaisse couche de crasse. Des lambeaux de tissus en guise de rideaux virevoltaient de gauche à droite. En voyant ce taudis, elle se demanda comment quelqu'un pouvait vivre là-dedans. C'était incroyable. Il fallait absolument qu'elle trouve un moyen d'y entrer. Vu son frêle gabarit, elle n'eut aucun mal à se faufiler entre les barreaux du portail. Une fois de l'autre côté, elle s'arrêta un moment pour reprendre son souffle. Un mélange d'excitation et de peur là tiraillait. Elle s'avança jusqu'aux marches de l'entrée. Un amoncellement de feuilles mortes jonchait celles-ci. Avec prudence, elle monta jusqu'à arriver sur le perron. Elle regarda à travers la porte, mais le rideau de poussière l'empêchait de voir à travers. Elle tourna la poignée, et par chance la porte s'ouvrit. Le grincement des gonds résonna dans sa tête. Elle avait la sensation de pénétrer dans une grotte. La porte était à présent grande ouverte, elle pouvait distinguer l'immensité de la demeure. Soudain, un courant d'air vint la claquer derrière elle, et Claire poussa un cri de frayeur. Le temps de reprendre ses esprits, elle se rendit compte qu'elle était enfin à l'intérieur.

Avant d'entreprendre une quelconque visite, elle s'annonça.

— Bonjour... Euh... excusez-moi, est-ce qu'il y a quelqu'un ?

N'ayant reçu aucune réponse, elle commença son exploration. À gauche de l'immense hall d'entrée se trouvait un salon. Ce dernier était d'une taille démesurée. Le mobilier présent était recouvert de draps jaunis. Il y avait des dizaines de tableaux tous couverts de toiles d'araignée. Elle aurait voulu voir ce que représentaient ces œuvres, mais elles étaient accrochées bien trop haut. Elle continua son inspection. Les murs semblaient avoir été lacérés par des griffes, des pans entiers de tapisserie pendaient le long des cloisons. Elle alla de pièce en pièce, et dans chacune d'elles, les mêmes scènes de désolation. Une bâtisse délabrée et abandonnée, voilà ce que c'était ; rien de plus, rien de moins. De grands espaces sans âme. Après avoir exploré le bas de la maison, elle se retrouva à nouveau au point de départ dans le hall d'entrée. Face à elle, un immense escalier. Juste avant de s'engager sur celui-ci, elle se manifesta à nouveau.

— Excusez-moi, est-ce qu'il y a quelqu'un ?

Sa voix résonnait dans les étages, mais toujours aucun signe de la part du propriétaire. Elle continua.

— Je m'appelle Claire... Claire Porter...

C'est alors qu'elle entendit quelque chose, à peine perceptible, mais pourtant bien présente. *Dans ce type de bâtisse, les bruits de ce genre sont courants*, pensa-t-elle. Tout en montant les premières marches, elle prenait soin d'observer autour d'elle. La rampe était rugueuse et sale. Elle devait faire attention où elle mettait les pieds, car l'escalier était en piteux état, et sur certaines marches des morceaux de béton entier manquaient. Arrivée en haut, elle leva les yeux. Au milieu du mur trônait un grand tableau. Impossible pour elle de distinguer ce qu'il représentait. En dessous de la toile se trouvait une petite table. Elle grimpa dessus et essaya tant bien que mal d'ôter la poussière. Après cinq bonnes minutes d'un travail acharné, elle réussit à entrevoir une tête. C'était celle d'une femme assise sur un fauteuil. Elle ne voyait pas clairement son visage, mais elle distinguait nettement une silhouette sombre derrière elle. Soudain, un tintement métallique résonna autour d'elle. Elle scruta rapidement les alentours pour savoir d'où provenait ce son mais elle ne parvint pas à le situer. Elle descendit doucement de la table et l'entendit à nouveau. « Poc, poc, poc… »

Effrayée, elle avança sur la pointe des pieds vers le couloir de gauche, la direction opposée au bruit. Une porte était entrouverte, mais Claire, prudente, n'entra pas dans la pièce. Elle continua de marcher en silence. Au bout d'un long, très long couloir, une grande porte battante donnait accès à un autre corridor, plus étroit, celui-ci. Prudemment, elle se faufila derrière et prit la direction de la pièce la plus proche. Elle entra discrètement à l'intérieur. Son cœur battait la chamade, des pulsations intenses se faisaient sentir au niveau de ses tempes, et la transpiration lui coulait du front. La peur la gagnait un peu plus à chaque fois. Elle reprit difficilement son souffle. Elle faisait de son mieux pour se contrôler. Contre le mur de droite se trouvait une grande armoire, elle se glissa dedans et décida qu'elle y resterait jusqu'à ce que la chose qui la poursuivait s'arrête. Elle pensa soudain à Éloïse, à ce qu'elle avait pu lui dire et à ce qu'elle dirait quand elle se rendrait compte qu'elle lui avait menti.

Elle était dissimulée derrière une pile de vêtements

dont l'odeur était insupportable. Elle essayait de faire abstraction de cet effluve, de la peur panique qui la paralysait, du bruit qui se rapprochait dangereusement d'elle, mais elle n'y arrivait pas. Soudain, plus rien. Le silence qui suivit fut pire que le son lui-même. Elle n'était pas soulagée, bien au contraire. Elle resta prostrée dans le meuble et tendit à nouveau l'oreille. La poignée tourna et la porte grinça. Son sang se glaça, et des larmes ruisselèrent le long de ses joues sans même qu'elle ne s'en rende compte.

Elle s'enfonça un peu plus dans le placard jusqu'à se faire toute petite. Elle aurait voulu disparaître. Lorsqu'elle arriva au fond, une trappe s'ouvrit, et elle bascula en arrière. S'en suivit une petite chute dans un conduit étroit, un atterrissage bruyant, puis le silence. Il lui fallut quelques secondes pour reprendre ses esprits et comprendre ce qui venait de lui arriver. Elle ouvrit ses yeux pleins de larmes et elle se rendit compte qu'elle se trouvait dans une pièce cachée de la maison.

En se relevant, elle se cogna dans le bric-à-brac qui comblait le petit espace. C'était un endroit exigu, sombre et qui sentait le renfermé, mais elle préférait de loin être ici plutôt que là-haut. Elle voulut fouiller un peu, à la recherche d'indices, mais avec l'obscurité ambiante, c'était impossible. Elle tâtonna du bout des doigts lorsqu'elle reconnut la forme d'une lampe. Elle s'empressa d'actionner l'interrupteur. Le flash de lumière qui venait d'inonder la pièce l'aveugla un moment. Une fois sa vision redevenue normale, elle observa la pièce dans son ensemble. Un lieu clos, secret, dont elle ne pouvait sortir que par l'entrée d'où elle venait, ce qui pour le moment était totalement impensable. À moins qu'elle ne trouve une autre issue, elle resterait là pour l'instant.

Elle aperçut à nouveau un portrait, identique à celui du hall. En le voyant, elle eut un geste de recul. Ce n'était pas flagrant, mais la femme sur le tableau lui ressemblait étrangement. En y regardant à deux fois, l'impression qu'elle venait d'avoir disparu peu à peu. C'était une femme blonde aux yeux d'un bleu perçant, d'une beauté délicate, presque parfaite. Il y avait une inscription en dessous : « Ma chère et tendre Françoise ». Claire n'avait pas souvenir qu'Éloïse ait fait une quelconque allusion à une femme. *Peut-être que personne ne l'a jamais vue ?* Au milieu de cette minuscule pièce, un petit secrétaire recouvert de feuilles brunies. L'écriture était illisible, et la langue inconnue. Elle essaya d'ouvrir le seul et unique tiroir, mais sans succès. La serrure sur le devant venait de lui confirmer que, sans le sésame, impossible de voir ce qu'il renfermait. Retournant tout sur le bureau, à la recherche de cette fameuse clé, elle fut soudain frappée par la ressemblance qu'avait la serrure avec celle qui se trouvait à l'auberge. Ses yeux rivés sur son poignet, elle attrapa la clé qui s'y trouvait, l'inséra dans l'orifice et tourna. *Incroyable, comment est-ce possible ?* Elle n'en revenait pas. Claire tira doucement le tiroir. Là, enveloppé dans un vieux chiffon, un journal. Lorsqu'elle le vit, elle crut rêver. Il était similaire à celui qu'elle possédait. Elle fouilla immédiatement dans son sac pour en sortir le sien, mais il n'y était plus. Persuadée de l'avoir apporté, elle renversa le contenu à terre. À l'intérieur, seule la tige récupérée chez M. Migor ainsi que la pochette contenant les indices récoltés s'y trouvaient. Perplexe, elle examina le nouveau journal. Il semblait beaucoup plus volumineux que l'autre. Elle envisagea un instant de l'ouvrir mais se ravisa aussitôt. Avant d'entreprendre quoi que ce soit, il lui fallait continuer de chercher des indices dans cette pièce, des choses moins dangereuses que ce livre. Elle remarqua, dépassant du tapis, une marque sombre, comme si quelqu'un avait laissé brûler quelque chose. Elle le souleva, et là, apparurent des inscriptions mystérieuses qui formaient un cercle noir. Au milieu de cet anneau, dans une cavité du sol se trouvait une coupelle avec comme contenu un étrange liquide rouge. Immédiatement, elle songea à du sang. À cette pensée, elle recula d'un pas. À quoi pouvait bien servir cette pièce ? Mais surtout, qu'est-ce qui s'y était passé ? Après avoir fait le tour de cet endroit, son regard se posa à nouveau sur le journal. Elle fut surprise de découvrir que sur le côté de celui-ci se trouvait un petit réservoir transparent. Intriguée mais curieuse de percer cette nouvelle énigme, elle inséra délicatement la tige dans la serrure. Comme précédemment lorsque le cliquetis se fit entendre, elle ressentit à nouveau une piqûre au bout de l'index. Le mécanisme d'ouverture se mit en branle. Il était légèrement différent. Les symboles ne s'embrasaient pas, cette fois, mais s'emboîtaient parfaitement pour former une sorte de texte. Incapable de le lire, elle n'y prêta pas attention. Jusque-là, rien d'étrange, ou du moins rien de nouveau. Mais à y regarder à deux fois, elle vit le sang s'engouffrer dans le petit réservoir sur le côté. Délicatement, elle ouvrit le recueil. Il y avait des inscriptions incompréhensibles suivies de dessins étranges. Elle tourna les feuilles suivantes, mais ce qu'elle vit la perturba. Des mèches de cheveux, des morceaux de tissu ainsi que du sang séché recouvraient les pages du journal. Chacune d'entre elles en était remplie, et sous chaque découverte lugubre, un nom et un visage. Était-ce des trophées ? Elle n'en croyait pas ses yeux, cette multitude de pages et de noms. Claire avait toujours été quelqu'un d'intuitif, mais là elle ne savait pas quoi en penser ni ce que tout cela signifiait. Elle continua néanmoins de feuilleter ce cahier macabre, lorsqu'elle fut prise de vertige. Son doigt la faisait souffrir. Elle tenta de garder le contrôle de son corps, mais elle commençait à suffoquer. L'angoisse parcourut tout son être. À présent, elle n'était plus rassurée de se trouver dans cet endroit devenu inquiétant. Elle repensa pendant un court instant à Éloïse et au fait qu'elle aurait tout donné pour être à ses côtés à l'auberge. Mais Lucas se trouvait peut-être quelque part dans cette maison. Rien qu'à l'idée de penser qu'il avait pu lui arriver quelque chose, ses jambes se mirent à trembler, les larmes coulaient à nouveau sur ses petites joues rougies par la peur. Les vertiges s'intensifièrent, sa vision se troubla, et soudain elle perdit connaissance.

12

Cela faisait presque vingt-quatre heures que Claire avait quitté l'auberge, et la nuit commençait à tomber sur Gersandes. Dans la cuisine, Éloïse tournait en rond, elle se demandait quand la jeune fille reviendrait. La cloche de la porte d'entrée retentit. Elle courut vers l'accueil, mais à sa grande déception ce n'était pas elle. Guillaume, le réceptionniste, lui demanda, inquiet, ce qui lui arrivait, il lui trouvait un air bizarre. Éloïse lui fit part de ses angoisses. Il lui dit :

— Ne t'inquiète pas, elle ne doit pas être loin. Tu sais comment sont les jeunes, surtout les touristes, quand elle aura fini ce qu'elle a à faire, elle rentrera.

Guillaume était de nature optimiste, toujours à voir le verre à moitié plein. C'était une qualité que beaucoup de gens lui enviaient. Éloïse aurait voulu le croire, se persuader qu'il disait vrai, mais ce n'était pas dans les habitudes de Claire de partir si longtemps et surtout sans la prévenir qu'elle ne dormirait pas ici.

Les heures défilèrent, et Éloïse n'avait toujours aucunes nouvelles. Elle resta éveillée toute la nuit, espérant voir Claire réapparaître. Qu'avait-il bien pu lui arriver ? Où était-elle ? Était-elle en danger ? Tout un tas de questions se bousculaient dans la tête d'Éloïse, et elle imaginait le pire.

Lorsque le jour se leva, elle prit la décision de contacter la police, peut-être qu'ils pourraient retrouver la jeune fille. Éloïse composa le numéro. L'officier au bout du fil lui passa la personne en charge de ce type d'affaire.

— Bonjour, inspecteur Simon Derveau à l'appareil, que puis-je faire pour vous ?

Éloïse balança d'une traite son laïus incompréhensible. Son interlocuteur lui demanda de se calmer pour qu'il puisse comprendre la raison de son appel. Elle prit une profonde inspiration et, d'une voix tremblante, elle lui expliqua la situation.

— Je suis inquiète, une de nos clientes n'est pas rentrée depuis un jour, ce n'est pas normal.

— Calmez-vous, madame, est-il possible que cette cliente ait passé la nuit ailleurs ?

— Eh bien… Je ne sais pas, oui, peut-être.

— Très bien, écoutez, si demain vous n'avez toujours pas de nouvelles de sa part, je vous invite à vous rendre au poste de police et je prendrai moi-même votre déposition.

Éloïse était déçue, elle pensait que les recherches s'organiseraient dès aujourd'hui. L'inspecteur lui conseilla d'être patiente, dans ce genre de cas il ne fallait jamais se précipiter, il y avait souvent une bonne explication à l'absence d'une personne. Elle acquiesça à contrecœur. Avait-elle vraiment le choix ? La conversation terminée, elle retourna en cuisine, histoire de se vider un peu la tête. Dans un état second, elle pensait à cette pauvre petite, attendant sans doute quelque part que quelqu'un vienne la chercher. Soudain elle se rappela la conversation qu'elle avait eue avec Claire au sujet de la maison ainsi que de son occupant. La jeune fille n'avait pas eu l'air de vouloir s'y rendre, mais ses dernières paroles disaient le contraire. « Ne vous inquiétez pas, Éloïse, je serai très prudente. » Elle n'y avait pas prêté attention tout de suite, mais à présent ces mots résonnaient en elle comme l'affirmation de ce qu'elle redoutait. Claire prévoyait-elle de s'y rendre, malgré toutes ses mises en garde ? Elle n'avait pas la réponse à cette question. Il fallait qu'elle se sorte ses idées noires de l'esprit et qu'elle patiente. Après tout, elle pouvait se tromper. Il ne fallait surtout pas tirer de conclusions trop hâtives. Si elle devait recontacter l'inspecteur Derveau, ce qu'elle n'espérait pas, elle n'oublierait pas de lui en toucher deux mots.

La matinée passa, l'après-midi aussi, puis vint la nuit, et toujours rien. Éloïse était exténuée, mais elle n'arrivait pas à fermer l'œil, elle était trop anxieuse. Elle se remémorait tous les traits physiques de la jeune fille, il fallait absolument que la police fasse le portrait le plus ressemblant possible. Depuis l'arrivé de Claire à l'auberge, Éloïse avait passé beaucoup de temps avec elle, alors elle voulait être sûre de ne rien oublier. Cette petite faisait partie de ces visages, de ces gens que l'on n'oublie pas. En pensant à tous ces détails, elle s'assoupit quelques heures.

Lorsque Éloïse ouvrit les yeux, le jour pointait à l'horizon. Elle se leva d'un bond et alla vérifier la chambre de Claire. Après plusieurs appels sans réponse, elle se précipita dans la cuisine et laissa une note à Guillaume : *Je suis allé au poste de police, je reviens au plus vite.* D'un pas rapide et décidé, elle traversa les rues de Gersandes. Au bout d'une dizaine de minutes, elle arriva enfin à destination. Elle monta prestement les marches et se rua à l'intérieur. Elle s'annonça à l'agent qui se trouvait à l'accueil.

— Bonjour, Éloïse Durand, je souhaiterais voir l'inspecteur Derveau s'il vous plaît.

Un homme arriva dans un costume clair, il était jeune. Il s'avança vers elle et lui demanda :

— Bonjour, en quoi puis-je vous aider ?

Elle se présenta, et il l'invita à le suivre dans son bureau.

Elle lui raconta à nouveau toute l'histoire. Elle n'omit surtout pas le passage sur ses inquiétudes concernant la conversation qu'elle avait eue avec Claire sur la maison. Elle termina par la description complète de la jeune fille. Il nota absolument tout et lui dit :

— Je vous promets de faire tout mon possible pour la retrouver, si disparition il y a, et je vous informerai de l'avancement de l'enquête. Et si, comme vous le pressentez, elle s'est rendue à la demeure derrière le lac, nous la retrouverons.

Éloïse le remercia, c'était tout ce qu'elle voulait entendre. Ce fut donc le 25 juillet 2015 que la disparition de Claire Porter fut officielle.

13

Claire ressentait une sensation de légèreté et de flottement. Elle commençait à se remettre doucement de son malaise. Encore groggy, elle essaya d'ouvrir les yeux. Une paupière se souleva lentement, et un rayon de lumière l'aveugla, elle se referma aussitôt. Elle perçut un craquement. Même si elle ne voyait rien, elle remarqua que la lueur autour d'elle s'était estompée. Elle fit une seconde tentative, et à sa grande surprise ses yeux s'ouvrirent sans mal. En observant les alentours, elle constata rapidement qu'elle ne se trouvait plus dans la petite pièce cachée derrière l'armoire. Une impression de brûlure l'envahit, une douleur de membres étirés. Elle tourna la tête et vit ses poignets meurtris par les chaînes qui les encerclaient. Elle poussa un gémissement, et la terreur la submergea. Dans la pénombre de la pièce, elle aperçut une silhouette noire près de la fenêtre, celle-ci s'avançait vers elle dangereusement. Étouffant un cri, elle ferma les yeux. Le bruit de pas n'était plus qu'à quelques centimètres du lit, elle pouvait sentir cette présence à ses côtés. Une voix rauque et menaçante surgit dans le silence de la chambre. Instinctivement, elle ouvrit les

129

yeux. Se tenant là, debout devant elle, un homme d'une grandeur démesurée. Ses mains énormes étaient croisées sur une canne, et son visage était déformé par une colère indescriptible. Cette vision d'horreur fut tellement intense qu'elle perdit connaissance. Malheureusement pour la jeune fille, elle reprit vite pied. La masse imposante était toujours plantée devant elle. Claire s'effraya lorsqu'elle se mit à hurler :

— Qui es-tu ? Que fais-tu ici ? De quel droit entres-tu chez moi ?

Une foule de questions suivirent, mais elle ne percevait qu'une voix beuglante. Elle ne pipa mot. Apeurée et dans un état second, elle se mit à pleurer. Elle le suppliait de la laisser partir. Dans un fracas terrible, il lui ordonna de se taire, sans quoi il la forcerait à le faire. Puis sans prévenir, il quitta précipitamment la pièce. Une fois le silence revenu, Claire crut entendre quelque chose au-dehors, comme des gens qui parlaient. Lorsque la sonnette de l'entrée retentit, elle sut qu'elle avait vu juste. Elle voulait appeler à l'aide, mais le souvenir de ce qu'il venait de lui dire la calma aussi sec. Elle resta donc silencieuse.

L'inspecteur Derveau était accompagné de deux autres policiers, lorsqu'il arriva devant le portail de la maison. Éloïse lui avait parlé de la discussion qu'elle avait eue avec Claire et de la certitude qu'elle avait que Claire se soit rendue à la demeure de l'autre côté du lac. Il avait décidé de commencer son enquête par là. Les agents n'avaient eu aucun mal à pénétrer dans la propriété, les grilles étaient grandes ouvertes. Ils se dirigèrent vers l'entrée. Ils durent appuyer à deux reprises sur la sonnette avant qu'on leur ouvre la porte. Lorsque le vieux apparut devant les trois hommes, ils reculèrent, surpris par l'impressionnante taille du bonhomme. Il était clair à présent qu'Éloïse et le reste des habitants avaient vu juste, Marshall occupait bien cette bâtisse. Les trois policiers se présentèrent à tour de rôle, mais Marshall ne leur prêtait aucune attention. De sa voix forte, il cria :

— Qu'est-ce que vous voulez ?

L'inspecteur Derveau lui expliqua les raisons de leur venue et lui demanda :

— Est-ce que par hasard vous n'auriez pas aperçu une jeune fille rôder près de chez vous ? Son nom est Claire Porter.

— Non.

— Pouvons-nous entrer un moment, histoire de jeter un coup d'œil ?

Il rejeta immédiatement sa demande. Sous le refus catégorique de Marshall, Simon dit :

— Il est fort probable que nous revenions, munis cette fois d'un mandat. Nous verrons alors si vous serez plus disposé à coopérer et surtout si vous dites la vérité.

Avec un aplomb incroyable il rigola avant de leur répondre :

— Faite donc, je vous attends avec impatience.

Sur ces quelques mots, il rentra chez lui en claquant la porte et en laissant les policiers interloqués sur le perron. Un d'entre eux fut choqué de constater que la disparition de la jeune fille n'avait suscité ni curiosité ni même compassion chez cet homme. Il leur avait fermé la porte au nez aussi vite qu'il l'avait ouverte. Simon lui expliqua :

— Marshall est connu pour son mépris envers les autres, ne t'inquiète pas, une fois le mandat délivré, on reviendra et on verra bien s'il a quelque chose à cacher.

Simon redoutait que cette affaire soit liée aux anciennes disparitions et que le responsable se soit remis à l'ouvrage.

De retour au poste de police, Simon passa un coup de téléphone à l'auberge. Éloïse buvait son café lorsque Guillaume l'appela. Elle se précipita à l'accueil et lui arracha le téléphone des mains. À l'autre bout du fil, une voix masculine et familière, celle de l'inspecteur Derveau. Il lui relata sa visite et lui confirma que Marshall vivait bien là-bas. Il n'avait pas pu entrer, mais il ferait de son mieux pour y retourner dès que possible. Lorsqu'elle raccrocha, une vague de chagrin l'envahit, et elle se mit à pleurer. Elle ne pouvait imaginer que quelque chose de mal soit arrivé à Claire et elle ne pouvait pas croire que Gersandes soit à nouveau frappé par une disparition.

Comme elle l'avait raconté à Claire, la première fille à avoir disparu s'appelait Cécile Frank. Elle n'avait que 20 ans. Elle était venue rendre visite à l'une de ses tantes à Gersandes. Un matin, en ouvrant le journal, Éloïse avait vu sa photo trôner en première page. Dans l'article qui suivait, le journaliste avait pris soin de décrire la jeune fille. Elle était ravissante, son air innocent lui donnait un petit quelque chose de touchant. Personne ne la connaissait vraiment, mais tout le monde avait été marqué en apprenant sa disparition. L'émotion avait gagné les habitants lorsqu'ils avaient découvert son jeune âge. La police avait fait tout ce qu'il était possible de faire pour la retrouver et élucider cette affaire, mais la conclusion n'avait pas été celle qu'attendait la famille. Ils n'avaient aucune piste, pas le moindre indice, comme si elle s'était volatilisée. C'était consternant. Le pire était d'imaginer le ressenti de ses proches. Ils devaient constamment se demander si elle était encore en vie et si son corps ne gisait pas quelque part. À l'époque, Éloïse n'avait pas imaginé ce que pouvaient ressentir les parents de Cécile. Même si elles ne partageaient pas les mêmes liens familiaux, la disparition de Claire lui donnait à présent un aperçu de l'état dans lequel ils se trouvaient. Quand la police s'était résignée à abandonner l'affaire, d'autres disparitions avaient suivi, surchargeant les officiers de travail. La ville tout entière avait été soufflée par un vent de panique. L'échec systématique des enquêtes n'avait guère redonné confiance à la population. La prudence était de rigueur à chaque sortie, surtout pour les jeunes filles. Ces histoires avaient hanté Gersandes pendant pas mal de temps, et puis un jour, étrangement, plus rien. Un certain soulagement avait regagné les habitants. Les gens pensaient sincèrement que ces disparitions étaient de l'histoire ancienne, ils se trompaient.

Claire l'entendit remonter à vive allure, son sang ne fit qu'un tour. Il poussa la porte avec une telle force qu'elle faillit jaillir de ses gonds. Claire laissa échapper un cri strident avant de se murer dans le silence. Il s'approcha d'elle avec un air de fou furieux. À cet instant, elle imaginait déjà la violence de la scène qui allait suivre. Il était dans une telle rage que, par instinct de conservation, elle ferma les yeux. Elle ne voulait plus voir la déformation de sa figure. Il hurlait. Les paroles qu'il débitait étaient incompréhensibles. Elle tentait de se concentrer pour discerner ce qu'il disait, mais la peur terrible qui l'habitait l'empêchait de saisir les propos. Ses émotions la paralysaient, et elle s'enfonçait à chaque parole un peu plus dans le néant de son esprit. Marshall s'avança davantage, jusqu'à se tenir à quelques centimètres de son visage. Elle pouvait sentir son souffle sur elle, son haleine fétide lui brûlait les narines. Son corps fut pris de terribles tremblements, elle était à la limite de convulser. Elle aurait voulu que tout s'arrête, mais elle en était incapable. Sa bouche collée sur son oreille, il lui murmura :

— J'ai bien fait de laisser les grilles ouvertes. J'avais le pressentiment que j'allais recevoir de la visite. Je n'étais pas sûr que c'était toi, jusqu'à ce que le policier me le confirme. Quel cadeau tu me fais. Je vois que tu as suivi les indications à la lettre, les autres n'avaient pas ta curiosité. Si tu savais depuis combien de temps je t'attends. Maintenant que tu es là, jamais tu ne partiras, tout comme les autres qui t'ont précédée.

Elle n'en croyait pas ses oreilles, il venait de lui avouer qu'elle ne repartirait plus d'ici, elle voulut répondre, mais il continua.

— Je n'imaginais pas que la ressemblance soit aussi marquée avant de te voir.

Toujours cloîtrée dans le silence, elle l'écoutait déblatérer toutes ces choses.

— La police peut revenir fouiller la maison, je ne m'inquiète pas. Ils ne te trouveront jamais. Tu sais, ce n'est pas mon premier galop d'essai, j'ai l'habitude de les cacher.

Les phrases résonnaient dans sa tête. Elle comprit alors qu'à moins d'un miracle plus jamais elle ne sortirait d'ici. Mais ce qui l'inquiétait davantage, c'était ce qui allait lui arriver. Il lui susurra à l'oreille :

— Tu as voulu savoir, tu as tout fait pour venir, maintenant que tu y es, tu y restes. Je t'avais pourtant bien dit qu'il faudrait que tu payes le prix de ta curiosité.

Il était sur le point de quitter la pièce, lorsqu'il se ravisa. Il avait des choses à lui dire et il était impatient qu'elle les entende.

— J'avais pour habitude d'offrir un médaillon à celles que je voulais posséder, une fois qu'elles le portaient, elles m'appartenaient. Tu vois duquel je parle, bien sûr, celui que tu as trouvé dans la caisse. Avec le temps, j'ai découvert autre chose.

Claire n'en revenait pas, comment connaissait-il l'existence de la boîte ? Elle savait au plus profond d'elle que ce qu'il allait lui révéler la terroriserait.

— Le journal a la capacité, une fois ouvert, d'emprisonner à jamais sa victime. Mais ce n'est pas tout, il me permet d'être directement relié avec celle qui l'ouvre. Tu ne trouves pas ça formidable ?

Incapable de parler, elle comprenait maintenant la relation entre tout cela. Le sang enfermé dans ce maudit bouquin, les choses inexplicables et inexpliquées qui lui étaient arrivées. Toutes ces situations avaient scellé son destin. Il coupa le fil de ses pensées.

— C'est toi qui m'as donné l'idée du journal. Tu sais, avec le temps, j'ai appris à développer mon art et je savais que, pour t'amener jusqu'à moi, il me fallait trouver quelque chose de fort. Ce livre est une sorte de passage, pour moi. Il me permet de matérialiser mes visions et ainsi de les montrer à la personne choisie.

À ces paroles, elle n'eut plus le moindre doute. Depuis le début, l'ensemble des phénomènes, en commençant par le journal, était relié à lui. Il avait mis en œuvre un plan diabolique pour qu'elle atterrisse ici. Elle avait voulu découvrir des choses, mais elle n'avait même pas pris conscience de la dangerosité de celles-ci. Submergée par ses émotions, elle sentit des picotements assaillir son être tout entier, le flou envahir ses yeux, et elle s'évanouit à nouveau.

14

L'enquête suivait son cours. L'inspecteur Derveau comptait sur le mandat de perquisition qu'il avait demandé au juge, plus tôt dans la matinée. L'attente commençait à lui peser, il ruminait dans son coin comme un lion en cage. La caféine ingurgitée depuis plusieurs heures le rendait électrique. Son collègue lui avait conseillé de ralentir, mais c'était ce qui le faisait tenir. Lorsque le téléphone sonna, il bondit de sa chaise en une fraction de seconde et se jeta sur le combiné. Il était incapable de se concentrer sur la voix à l'autre bout du fil. Il se posa un instant et se calma. Le juge lui annonça que le document était prêt, il n'avait plus qu'à venir le chercher. Son interlocuteur n'eut même pas le temps de le saluer, que Simon avait déjà raccroché. Il arracha sa veste du portemanteau, se précipita vers le couloir et dévala trois par trois les marches. Il le savait, dans une disparition, le maître mot était le temps, et celui-ci ne jouait pas en sa faveur. Une fois dans le garage, il sauta dans sa voiture et lança un appel à toutes les voitures de police.

— À tous les agents en patrouille, rendez-vous au sentier de Merleville dans un quart d'heure.

Déboulant à toute vitesse dans les rues de Gersandes, il arriva chez le juge, retira le mandat et reprit sa course folle jusqu'au point de rendez-vous. Arrivées sur les lieux, trois équipes l'attendaient. Il leur fit un petit briefing rapide avant de se mettre en route. Leurs pas étaient pressants et déterminés, ils avancèrent machinalement vers leur destination. L'appréhension se lisait dans les yeux des hommes, ils ne voulaient pas découvrir le cadavre de la jeune fille. Occultant au plus vite cette vision macabre, ils gardèrent espoir de la retrouver vivante.

Simon menait les opérations. Il tambourina plusieurs fois, avant que la silhouette de Marshall apparaisse. La clé tourna dans la serrure, et la porte s'ouvrit. Simon lui tendit le mandat avec une certaine fierté.

— Je vous avais dit que je reviendrais.

Marshall arracha le morceau de papier des mains de l'inspecteur et lui lança un regard noir. Les policiers entrèrent tour à tour dans la maison et se partagèrent les pièces. Un vacarme énorme grondait dans la maison. Le mobilier était mis à mal par les forces de l'ordre, rien n'était laissé au hasard. Lorsque la fouille d'une pièce était terminée, le mot R.A.S. résonnait dans le hall. À chaque fois que ce terme était prononcé par l'un des officiers, Marshall ne pouvait s'empêcher d'arborer un rictus de satisfaction, comme pour leur dire « cherchez toujours, vous ne trouverez rien ». Simon était agacé, mais il ne laissait rien transparaître.

Le bas de la maison n'ayant rien révélé, les hommes montèrent dans les étages. Après une heure d'une fouille acharnée, la conclusion était sans appel, ils n'avaient rien, pas le moindre indice permettant de prouver que Claire était ici. À contrecœur, ils durent se résigner à quitter les lieux, bredouilles. Avec son air suffisant, Marshall les escorta jusqu'à la sortie. Tout son être se moquait ouvertement des policiers, et il prit un plaisir immense à leur claquer la porte au nez. Ils n'en revenaient pas, n'avoir rien trouvé, alors qu'ils étaient tous persuadés qu'elle était là. Les réflexions fusèrent, des propos haineux envers Marshall sortirent de la bouche de certains hommes. Simon dut les stopper, même s'il partageait leurs avis, la brigade ne pouvait pas se comporter de la sorte. Derveau était ennuyé, il devait maintenant annoncer la mauvaise nouvelle à Éloïse, il n'avait pas le choix.

De retour en ville il alla directement à l'auberge des Clément, il voulait rencontrer Éloïse en personne. Il s'attendait à ce qu'elle soit triste, et les seules phrases de consolations qu'il pouvait lui dire, c'était que l'enquête continuerait et qu'elle serait la première informée s'il découvrait quelque chose. Ce jour-là, il regagna le poste avec une émotion familière, la crainte que cette histoire ne soit qu'un début.

Si Claire avait pu hurler pour que les policiers l'entendent, ou faire n'importe quoi d'autre pour qu'ils la localisent, elle l'aurait fait, quitte à risquer sa vie. Mais il avait été prévoyant, ce sale type. Il l'avait bâillonnée et enfermée dans un sac. Ensuite, il l'avait soigneusement cachée dans le puits situé au fond du jardin. Les policiers avaient été tellement obnubilés par la maison qu'ils en avaient oublié l'extérieur. Pour la trouver, encore aurait-il fallu qu'ils voient que sous cet amas de feuilles mortes disposées près de la souche d'un arbre, il y avait un puits. Claire se sentait mourir, enfermée dans ce sac, ne pouvant pas bouger et quasiment pas respirer. Une torture atroce, un moment de solitude jamais ressenti. Elle aurait pu être secourue, mais personne n'avait réussi à la repérer. Cette pensée la plongea un peu plus dans le désespoir, même la simple idée qu'elle puisse encore en réchapper s'envola lorsqu'elle se laissa submerger par sa peur. Elle suffoquait, le bâillon dans sa bouche lui lacérait le coin des lèvres, l'attente de sa libération était interminable.

À nouveau maître des opérations, Marshall vint la récupérer. En la hissant hors de sa cachette, elle sentit ses mains se refermer violemment sur son corps déjà meurtri. Il la ramena dans la chambre et la balança sur le lit. Un cri étouffé sortit de sa bouche. Il la dégagea du sac sans ménagement avant de la rattacher aux barreaux du lit. Il ne prit même pas la peine de la regarder. Ses yeux injectés de larmes le suppliaient d'arrêter, mais pas une once de pitié n'émanait de lui. Il la laissa là, étendue sur le lit, et quitta la pièce dans un fracas terrible.

En arrivant dans le hall, Marshall était dans une telle rage qu'il aurait pu faire n'importe quoi. Malgré le soulagement qu'il ressentait d'avoir réussi son coup, sa colère était plus forte que tout. Il faisait les cent pas et marmonnait, il avait l'air d'un fou. Il bouillonnait, tout son être suintait la haine et le mépris. Il se surprenait à certains moments à ressentir de la compassion et du chagrin, ce qui le rendait encore plus fou. Occultant ces sentiments contradictoires aussi vite qu'ils étaient venus, il redevenait l'animal qu'il avait toujours été.

Pendant qu'il ruminait en bas, à l'étage, Claire, agonisante, suppliait le ciel de lui venir en aide. Elle n'avait jamais vraiment été croyante, mais la situation actuelle nécessitait une prière. Elle ne voyait pas l'étendue des dégâts qu'elle avait subis, mais elle en ressentait les blessures. Ses poignets étaient en sang à cause des chaînes bien trop serrées, ses lèvres étaient coupées de part et d'autre, ses côtes, ses jambes et sa tête portaient les stigmates de la violence de la chute dans le puits. Elle aurait souhaité se détacher, mais l'état dans lequel elle se trouvait l'en empêchait, même respirer correctement était une épreuve. On lui avait souvent répété que sa curiosité maladive lui causerait un jour des problèmes, c'était exactement ce qui était en train de lui arriver. Son esprit s'encombrait de pensées plus terribles les unes que les autres, le désespoir la brûlait de l'intérieur, elle était comme aspirée dans un tourbillon de supplices, les abîmes lui tendaient les bras, et soudain ce fut le trou noir.

Les jours avaient défilé péniblement pour Claire, déjà plus d'une semaine qu'elle était prisonnière de cette chambre lugubre. La douleur s'était intensifiée. Il fallait ajouter à tous les différents sévices la faim et la déshydratation. Elle n'avait eu droit qu'à quelques gouttes d'eau, mais cela faisait déjà plusieurs jours. Elle se raclait la gorge et essayait de déglutir, mais le manque évident de salive rendait l'opération difficile. Son estomac la faisait également souffrir, elle aurait tout donné pour avaler quelque chose, mais elle le savait, c'était lui qui décidait de tout. Claire se décharnait à vue d'œil, c'était choquant de se voir dépérir comme cela. Elle se sentait mourir à petit feu, son corps ne la soutenait plus, elle avait perdu toute envie de se battre. Elle aurait voulu trouver la force de ne pas baisser les bras, mais l'effort que cela lui demandait était trop grand. Elle devait déjà essayer d'enfouir au plus profond de sa mémoire toutes les horreurs qu'il lui avait fait subir, des choses qu'elle pensait ne jamais pouvoir oublier. Elle était devenue esclave de ses atrocités. Elle n'avait jamais imaginé cela possible, même dans ses pires cauchemars. Elle se demanda alors comment un être humain pouvait infliger tant de supplices à un autre, mais surtout ce qui l'avait conduit à de telles monstruosités. Plongée dans ses pensées morbides, elle ne remarqua même pas la présence de son bourreau. Ce n'est que lorsqu'il frappa violemment sa canne sur le lit qu'elle sursauta. Il tenait un plateau dans les mains. Il ôta avec hargne une de ses chaînes et lui balança le contenu du plateau sur les jambes. Une espèce de purée jaunâtre recouvrait le drap, l'arôme qui s'en dégageait était immonde. Elle n'eut pas le choix, il fallait qu'elle avale quelque chose. Planté à ses côtés, il l'observait ingurgiter la mélasse qu'il lui avait apportée. À chaque cuillère, elle faillit vomir, se forçant à garder l'infâme bouillie dans sa bouche. Lorsqu'il en eut assez, il lui attrapa le poignet et le rattacha au lit. Elle avait fait de son mieux pour retarder la fin de son ignoble repas, car elle savait ce qui l'attendait ensuite.

Ses mains sales parcouraient sa chair tout en scandant un dialecte inconnu. Marshall était à la recherche de la prochaine partie de son anatomie qu'il mutilerait. La violence de ses actes, qu'elle qualifiait de barbare, lui déchirait le cœur. Elle se sentait défaillir sous la torture de ses assauts répétés. Il prenait un malin plaisir à la scarifier à chaque fois. La peau de la jeune fille était entièrement recouverte de symboles étranges. Il contemplait son œuvre avec ce regard, cet air qui suggérait qu'il était conscient de l'inhumanité de ses actes, ce qui n'avait pourtant pas l'air de le déranger le moins du monde. Lorsqu'il avait fini de lui lacérer les membres, il récolta son sang et la laissa là, allongé dans sa souffrance et sa solitude. Claire n'avait pas la moindre idée de la signification des agissements de son bourreau. Procédait-il à une sorte de rituel ou quelque chose du genre ? Elle l'ignorait. La seule chose qu'elle désirait, c'était de pouvoir se débarrasser de la crasse qui la recouvrait, de l'odeur infecte qui imprégnait son être à tel point qu'elle lui brûlait les narines et de l'agonie dont souffrait son âme, mais même cela, il ne le lui permettait pas. Elle se laissa aller et plongea dans le sommeil.

Claire s'était réfugiée dans ses rêves, le seul moyen qu'elle avait trouvé pour s'évader. Elle se voyait dans un jardin, assise dans l'herbe fraîchement coupée. Une légère brise venait s'engouffrer dans ses cheveux, un parfum de fleurs lui chatouillait les narines, et la chaleur du soleil réchauffait sa peau gelée. Elle aimait cela. Entremêlée dans la mélodie du vent, une voix douce l'appelait. Suivant le son de cette voix, elle sentit une main se poser sur elle. Une fragrance de rose la submergea, elle se tourna et vit le visage de Millie. C'était la vision la plus belle mais la plus triste en même temps. Elle la serra aussi fort qu'elle put. L'endroit était paisible et magique. Elle restait silencieuse, contemplant sa grand-mère. Elles n'avaient pas besoin de se parler, elles se comprenaient. Enfin elle revivait. Elle aurait voulu rester ici pour toujours, mais soudain, au loin, le ciel s'assombrit, le vent se leva, et un froid glacial la transperça. Elle observa le paysage autour d'elle, tout était devenu sombre. Les fleurs fanaient à vue d'œil. Elle attrapa la main de Millie, mais cette dernière disparue. Une gigantesque ombre noire apparut au-dessus de sa tête. Elle se mit à courir, mais elle n'avait nulle part où aller. Tout s'était volatilisé, le néant l'entourait. Comprenant alors qu'il était capable de pénétrer dans son esprit, elle hurla de rage. Il venait de tout gâcher, et elle ne pouvait pas l'en empêcher. À présent, plus rien ne serait comme avant, il avait le contrôle, il s'emparerait d'elle tout entière. Tout ce qu'elle ferait pour oublier ne marcherait pas, il serait là pour le lui rappeler. Trempée de sueur, elle se réveilla. Ce qu'elle ressentit à cet instant était indescriptible. Elle savait que rien ne changerait, au contraire, son état se dégraderait. Elle en était consciente, elle ne devrait plus s'inquiéter de l'issue qu'allait prendre son destin, il était tout tracé, et elle devait se résigner. Mourir était la seule option. Elle attendait avec impatience que cet instant arrive.

Claire n'avait pas vu la lumière du jour depuis des semaines, Marshall ne prenait même plus la peine d'ouvrir les rideaux. Les yeux de la jeune fille s'étaient depuis longtemps habitués à l'obscurité ambiante. Elle arrivait même à faire abstraction de son effluve nauséabond. Elle avait complètement oublié ce que c'était d'être elle. La vision de son corps ne laissait pas planer le doute, elle n'était pas belle à voir, c'était une certitude. Les blessures infligées à sa peau commençaient à s'infecter sérieusement, mais malgré cela, la routine de son enfer lui était devenue commune. Elle avait fait le vide de son esprit et n'attendait plus rien de cette vie. Elle avait une effroyable volonté de quitter ce monde, ce n'était plus que l'ombre d'elle-même, une âme errante dans une carcasse mutilée. Les attaques intempestives de son tortionnaire sur elle ne la faisaient même plus réagir, ce qui avait le don de le mettre dans une colère noire. Il devenait alors incontrôlable. Il se rendait compte que toutes les bassesses qu'il lui faisait endurer n'avaient plus l'effet escompté, il pensait de plus en plus qu'elle n'avait plus aucune utilité. C'est à cet instant qu'il prit la décision de la laisser pour morte dans cette chambre qui lui servait de tombe. Il ne prendrait plus la peine de monter, après tout, elle avait tenu plus longtemps que les autres, ce n'était déjà pas si mal. Malgré le fait qu'il lui en voulait, il savait que rien n'était vraiment fini.

Les ténèbres entouraient Claire. Elle se sentait comme piégée entre deux mondes, celui de la mort et celui de la délivrance. Cette sensation de tiraillement pesait sur son esprit, et elle aurait voulu se détacher de sa personne pour enfin ne plus subir cette torture. Elle ne réussissait même plus à s'échapper dans ses pensées. Elle était trop absorbée par l'attente de sa propre mort, bien trop longue à venir à son goût. Sa tête la faisait souffrir, trop de choses se bousculaient à l'intérieur, et elle ne savait pas comment y faire le vide. Elle ferma les yeux et tenta de se calmer. La pression sur ses tempes était trop forte, trop pénible, elle provoquait en elle des haut-le-cœur. Ses entrailles étaient prises de convulsions qu'elle essayait de contenir. Elle ravalait difficilement sa salive et tentait de retenir les nausées. Elle n'avait rien avalé depuis des jours, la montée de bile lui brûlait l'estomac et la gorge. L'intense calvaire la fit plonger dans un état de semi-conscience, son esprit voguait entre les murs de sa prison et le lointain souvenir de la liberté. Elle se laissa peu à peu envahir par une sensation de légèreté et réussit à s'assoupir quelque temps.

Marshall se souvint de la première fois qu'il avait kidnappé une jeune femme. Lorsqu'il l'avait remarquée, il avait tout de suite été frappé par la ressemblance qu'elle avait avec Françoise, sa défunte épouse. C'était pour cette raison que la colère avait pris le dessus sur la raison, et c'était de cette manière qu'il justifiait ses actes. Pour certaines, les motifs avaient été les mêmes, pour les autres, en revanche, ce n'était que le résultat d'une pulsion qu'il lui fallait assouvir. Il ne se sentait satisfait que lorsqu'il réussissait à être maître de sa proie, ce qui ne prenait jamais bien longtemps. Il avait un palmarès impressionnant, et aucune de ses victimes n'avait jamais été retrouvée, ce qui le rendait presque invulnérable. Avec l'âge, il avait contre son gré dû ralentir drastiquement ses frasques, il n'était plus trop capable de sortir les chercher et les ramener chez lui. Il avait alors considérablement augmenté sa capacité à attirer ses proies en les influençant à distance. Lorsqu'il avait entendu Claire pénétrer dans la maison, il sut que son art était arrivé à un niveau jamais atteint auparavant. Il pouvait à nouveau assouvir ses plus bas instincts et ses pires désirs, sa violence pourrait se déchaîner sans fin. Ce à quoi il n'avait pas pensé, c'était qu'il n'était plus capable de faire durer son plaisir. Il avait, avec le temps, perdu toute considération pour ses victimes, celle qu'il avait autrefois. Mais plus décevant encore pour lui, il avait complètement perdu le contrôle de la situation avec Claire. Il avait été tellement impatient qu'elle vienne qu'il n'avait pas réussi à se maîtriser. Voilà pourquoi elle était aujourd'hui dans un état déplorable, et cela en si peu de temps. Cette pensée le mit hors de lui, mais il savait qu'il ne tarderait pas à se retrouver tout seul et incapable de pouvoir recommencer dans l'immédiat, surtout après avoir dépensé autant d'énergie afin d'attirer Claire à lui. Il avait voulu monter dans la chambre pour rattraper les choses, faire en sorte qu'elle tienne plus longtemps pour qu'il puisse la torturer encore un peu, mais la seule pensée de la voir agonisante sur le lit le faisait enrager. Il savait qu'il n'arriverait pas à garder son calme et à apprécier le spectacle. L'idée de la tuer de ses mains lui semblait loin, à présent. Son plan avait fonctionné, elle était venue à lui, mais maintenant qu'il fallait agir, il n'y arrivait pas. Pour le moment, la situation ne changerait pas jusqu'à ce qu'il le décide.

Marshall occulta ses pensées sur Claire pour se remémorer ses autres victimes. À l'époque, il avait pris l'habitude de les laisser mourir en suppliant, il trouvait cela plus excitant et il se déculpabilisait par la même occasion. Tous ses souvenirs remontaient à la surface, et il prenait grand soin de se rappeler seulement les meilleurs. Son esprit était ailleurs, plongé dans un état de transe indescriptible, il se laissa tomber à terre tout en souriant.

15

— Chut ! Ne fais pas de bruit, on dirait qu'elle dort ou bien peut-être que…

— Ne dis pas ça ! Attends, je crois que j'ai vu le drap se soulever, ce qui voudrait dire qu'elle est encore en vie.

— Il ne l'a pas ménagée, tu as vu dans quel état elle est. La pauvre, elle a l'air d'être morte.

— Ne bouge plus, je crois qu'elle a remarqué notre présence.

Claire avait la sensation de ne plus être seule dans la chambre. Des chuchotements lui parvenaient aux oreilles. Elle était pétrifiée. Après quelques secondes d'hésitation, elle leva doucement une paupière, puis l'autre. Son regard parcourut rapidement la pièce. C'était effrayant. Elle reprit son souffle et se calma. Elle scruta à nouveau l'endroit dans son ensemble, mais plus lentement cette fois-ci. Lorsqu'elle aperçut près de la fenêtre deux silhouettes, elle se figea. Étouffant un cri, elle se réfugia aussitôt dans le néant de son esprit.

— Elle sait que nous sommes là.

— Non, je ne crois pas.

— Mais si. À ton avis, pourquoi crois-tu que son corps se soit raidi d'un seul coup ? Elle est tétanisée.

Claire les entendait distinctement, maintenant, elle comprit qu'elle ne rêvait pas. Elle voulait ordonner à son cerveau de lui faire ouvrir les yeux, mais une force invisible l'en empêchait : la peur.

— Tu crois qu'on devrait se rapprocher pour qu'elle puisse nous voir ?

— Attendons un peu, laissons-lui le temps de se faire à l'idée qu'elle n'est plus seule.

La sueur lui coulait le long du dos, elle tremblait comme une feuille. Elle devait savoir qui était avec elle, et pour cela ses yeux devaient s'ouvrir de nouveau.

À travers les larmes, elle distinguait ses visiteurs, qui la dévisageaient. Elle voulut prononcer quelques mots, mais rien ne sortit de sa bouche. Elle réessaya, mais sans grand succès.

— Je crois qu'elle essaye de nous dire quelque chose, regarde.

— Elle a bien trop peur pour cela, et ça se comprend.

Après plusieurs tentatives infructueuses, Claire réussit à prononcer une phrase.

— Qui êtes-vous ?

Les deux silhouettes s'avancèrent vers elle en douceur, et l'une d'entre elles lui dit :

— Bonjour, désolée de t'avoir fait peur, ça n'était pas notre intention. Je m'appelle Cécile, et voici Morgane.

Claire, toujours sur la réserve, demanda aux deux jeunes filles ce qu'elles faisaient là.

Morgane lui répondit :

— Nous avons attendu qu'il parte pour venir voir ce qu'il faisait dans cette chambre.

Cécile poursuivit :

— Nous ne nous attendions pas à trouver quelqu'un, ça fait bien longtemps que personne n'a été amené ici.

Claire, encore sous le choc de cette confidence, se sentit tout de même soulagé de pouvoir parler avec quelqu'un. La perspective de ne plus être seule dans cette horrible pièce lui redonna de l'espoir. Elle avait un tas de questions à poser, mais ne savait pas par où commencer. Elle se hasarda quand même à leur demander comment elles avaient atterri là.

— Je me promenais dans les bois, quand quelque chose de lourd m'est tombé sur la tête, et lorsque j'ai repris connaissance, j'étais attachée comme toi, raconta Morgane.

— Moi, continua Cécile, j'étais en vacances chez une de mes tantes, et alors que je rentrais seule, un soir, un homme m'a abordé, prétextant qu'il ne retrouvait plus le chemin de son hôtel. Je me suis approchée pour l'aider, et ensuite, c'est le trou noir jusqu'au moment où je me suis réveillée dans une chambre similaire à celle-ci, et attachée comme vous deux.

Claire en avait des frissons dans le dos. Elle écoutait tristement les deux jeunes filles raconter leur histoire et elle ne pouvait s'empêcher de penser à la bêtise qu'elle avait commise.

— Et toi ? Comment t'es-tu retrouvée ici ? demanda Cécile.

Claire se sentit stupide, elle n'osait pas expliquer de quelle manière elle s'était fourrée dans la gueule du loup. Elle prit une grande inspiration et commença à raconter son histoire.

— Tu es venue de ton plein gré ? Non, mais je rêve, maugréa Morgane.

— Morgane, ça suffit, tu crois qu'elle ne se sent pas assez mal comme ça ?

— Désolée, mais tu peux me comprendre. Comment quelqu'un peut-il chercher à venir ici sans y avoir été amené de force ?

Claire ne fit qu'un signe de tête et détourna le regard aussi vite. En y repensant, elle s'en voulait d'avoir été aussi naïve et irresponsable. Malgré les mises en garde d'Éloïse, elle avait quand même bravé le danger, et voilà où cela l'avait menée. Même après avoir reçu les excuses de Morgane, Claire sentait ses yeux accusateurs posés sur elle, comme pour bien lui faire comprendre qu'elle ne pouvait s'en prendre qu'à elle-même. Le silence envahit la pièce, et les trois filles se jaugèrent avec tristesse. Plusieurs minutes s'écoulèrent avant que l'une d'elles ne finisse par parler.

— Ne bouge pas, je vais essayer de t'enlever ces chaînes. Surtout, ne fais pas de bruit. Il pourrait nous entendre, dit Cécile.

La terreur se lut sur le visage de Claire, elle sombra dans le mutisme pendant que Cécile essayait de la délivrer. Ses poignets la faisaient souffrir, et chaque nouvel essai lui mutilait un peu plus les chairs. Morgane arborait une expression de dégoût. La vue du corps meurtri de Claire la bouleversait. Elle détourna le regard pour ne pas la blesser. Cécile, pendant ce temps, continuait tout en douceur d'ôter les entraves de Claire. Elle vint à bout de la première et, avec délicatesse, posa le bras de la jeune fille sur le lit. Un soupir de soulagement sortit de la bouche de la prisonnière, et elle esquissa un petit sourire. Claire fut parcourue par un sentiment d'euphorie, la douleur était toujours présente, mais elle pouvait enfin reposer son membre. La deuxième menotte fut plus dure à ouvrir, mais Cécile redoubla d'efforts. Après plusieurs tentatives infructueuses, son acharnement paya enfin. Les deux poignets de Claire étaient libres.

— Morgane, viens m'aider, il faut encore lui détacher les chevilles. À deux, on y arrivera plus vite.

Mais la jeune fille ne pouvait refouler la vision du corps décharné et balafré de Claire et elle ne se sentait pas capable de l'aider.

— Aller, essaye de prendre sur toi.

En voyant sa réaction, Claire se sentit encore plus mal qu'avant. Elle susurra :

— Je suis désolée de vous infliger ça, je sais que ça ne doit pas être facile pour vous.

— Ne sois pas désolée, lança Morgane. C'est plutôt moi qui devrais te présenter mes excuses. Je ne suis pas aussi courageuse que Cécile, je ne vous promets rien, mais je vais quand même faire de mon mieux.

— Ne t'inquiète pas, rétorqua Cécile, on va le faire ensemble et si jamais tu ne t'en sens pas capable, je le ferai toute seule.

Elles s'attelèrent à la tâche et réussirent assez vite à la délivrer. La joie se lut sur leurs visages, surtout sur celui de Claire, qui avait tant espéré. Elle les remercia en pleurant et Cécile la prit dans ses bras. Morgane ravala son dégoût et commença à masser les cuisses et les mollets de Claire pour qu'elle puisse se tenir sur ses deux jambes. Après des semaines alité et privé de tout, son corps n'était plus en mesure de la porter.

Cela allait prendre un peu de temps, et ses deux nouvelles amies allaient l'aider à retrouver l'usage de ses membres.

— La douleur et la sensation de brûlure vont disparaître, mais il faudra être patiente pour que tu te remettes complètement. Surtout, n'essaye pas de marcher tout de suite, tu risquerais de te casser quelque chose.

— Merci, Morgane.

Elles passèrent le reste de la journée à s'occuper de Claire, il fallait absolument faire en sorte qu'elle puisse se lever. Malgré la souffrance, elle faisait de son mieux. Son objectif était de sortir de cette maison par n'importe quel moyen, et si pour cela elle devait avoir mal, eh bien, elle prendrait le risque. À la nuit tombée, ses deux pieds touchaient le sol, et avec une force insoupçonnée, elle se hissa hors du lit. Elle était debout, chancelante mais debout. Ses muscles étaient en feu, et le moindre pas la torturait, mais malgré tout elle ne s'arrêta pas. Elle fit le tour de la chambre une fois, deux fois, trois fois, puis Cécile l'aida à se rasseoir. La prudence était de mise.

— Repose-toi, maintenant, tu vas avoir besoin de toutes tes capacités si tu veux quitter cet endroit.

— Oui, il faut te ménager, continua Morgane, surtout pour réussir à sortir d'ici sans qu'il nous repère.

— Mais si jamais il vient dans la chambre et qu'il s'aperçoit que je ne suis plus attachée, et surtout plus là ?

— Ne t'inquiète pas pour ça, on sera déjà parties. Dors un peu. Quand tu te réveilleras, il sera temps d'y aller.

Claire ne se fit pas prier. La journée avait été

longue, et elle était à bout de force. Elle ne désirait qu'une seule chose, faire un somme.

Elle avait l'impression de n'avoir fermé l'œil que quelques secondes, lorsque Morgane vint la réveiller.

— C'est l'heure, il faut se mettre en route !

Elle se leva du lit avec peine. Les deux filles l'aidèrent à rester debout. Toutes les trois se dirigèrent vers la porte en prenant soin de ne pas faire de bruit. Claire avait du mal à marcher, mais elle restait concentrée sur son objectif, sortir coûte que coûte de cet enfer. Une fois la porte ouverte, elles avancèrent prudemment dans le long couloir. Le silence régnait dans la bâtisse, l'atmosphère était pesante. Elles progressaient lentement mais sûrement. Morgane et Cécile soutenaient Claire, qui s'essoufflait de plus en plus. L'escalier était maintenant devant leurs yeux. Chacune des trois scrutait les alentours. Elles devaient s'assurer que Marshall n'était pas dans le coin, elles étaient trop près du but pour se faire prendre et que tout s'arrête maintenant. Malgré la souffrance visible de Claire, elles se hâtèrent vers la sortie. Malheureusement, en voulant se précipiter, Morgane fit tomber une statuette posée sur un meuble situé à côté de la porte. L'écho résonna dans toute la maison. Le souffle coupé et la peur au ventre, elles détalèrent comme des lapins. Un bruit strident se fit entendre derrière elles, mais elles ne prirent pas le risque de se retourner. Elles foncèrent à toute allure vers la forêt.

Après avoir passé le portail de la maison, Claire s'effondra sur le sol, s'écorchant davantage les genoux. Cécile la traîna tant bien que mal jusqu'à l'orée du bois. Elle souffrait terriblement, mais elle prit vite conscience qu'elles avaient réussi à s'évader. Un cri de joie sortit de sa bouche, le soulagement était tel qu'il fut suivi d'un rire puis de quelques larmes. À aucun moment, elle n'avait cru qu'elle sortirait d'ici et qu'elle pourrait à nouveau voir la lumière du jour.

En ouvrant les yeux, Marshall, allongé sur le sol de sa chambre, avait le sourire aux lèvres. Il ne savait pas depuis combien de temps il était là, mais il se sentait bien. Il avait repensé à toutes ses captures et à la joie qu'il avait ressentie en les torturant. Il tourna la tête brusquement, lorsqu'il crut entendre un bruit. Il se leva d'un bond et alla jeter un coup d'œil. Il traversa le hall et s'arrêta net. En observant rapidement, il ne constata rien d'anormal. Dans ces vieilles bâtisses, les bruits ambiants étaient monnaie courante, mais il avait quand même préféré s'en assurer. Une fois les vérifications faites, il se prépara un en-cas avant de retourner dans sa chambre. Avant qu'il ne capture Claire, il passait la plus grande partie de son temps à dormir, et maintenant qu'elle ne représentait plus qu'un tas de chair agonisant, il avait vite repris ses habitudes. À l'époque, il s'était souvent interrogé sur son absence d'énergie et d'entrain, ses qualités qu'autrefois il possédait pour dénicher la proie idéale. Jusqu'au jour où il sut, mais il ne voulait pas y penser pour le moment. De plus, il avait une décision à prendre au sujet de sa prisonnière, mais il considéra que cela pouvait attendre. Il n'avait aucune envie de gâcher son moment de plaisir et ravala immédiatement ses états d'âme. Sa collation engloutie, il s'allongea et s'enfonça à nouveau dans ses pensées morbides. Un sourire sadique trônait sur ses lèvres.

Les trois filles avaient réussi à atteindre le petit sentier. Exténuées, elles s'arrêtèrent quelques instants.

Claire se tenait la poitrine, elle essayait de respirer normalement, non sans peine. Sa bouche était sèche, son pouls rapide, et les palpitations de son cœur résonnaient dans ses tempes. Elle irait jusqu'au bout d'elle-même, se surpasserait malgré la terrible douleur de son corps. Elle savait qu'elle pouvait compter sur ses deux nouvelles amies. Ce sentiment la réconfortait, pouvoir se reposer sur quelqu'un, comme elle le faisait avec Lucas. Cela faisait longtemps qu'elle n'avait pas pu le faire. Cette réflexion concernant Lucas lui rappela qu'elle ignorait toujours où il se trouvait et s'il se portait bien. Elle ne pouvait pas s'en soucier tout de suite, la situation était trop dangereuse pour qu'elle perde de vue son objectif.

Elles s'enfoncèrent dans la sombre forêt avec une ardeur démesurée. Le chemin était long et tortueux, mais leur détermination était sans faille. Malgré les efforts de Claire, leur avancée prenait plus de temps. Elles avaient parcouru la plus grande partie du chemin, et l'arrivée était proche. C'était une marche éprouvante, mais le but qu'elles s'étaient fixé pointait doucement à l'horizon. Il était hors de question de flancher maintenant. Claire se demandait ce qu'elles feraient, une fois qu'elles seraient arrivées en ville. Chez qui se rendraient-elles en premier ? Elle se souvenait de l'itinéraire à prendre pour atteindre l'auberge. Il fallait d'abord emprunter le bateau et ensuite un bus. Une fois à Gersandes, elles pourraient alors contacter la police. La priorité était de trouver de l'aide au plus vite et de pouvoir enfin se mettre à l'abri, afin que leur bourreau ne puisse plus les retrouver. La nuit commençait à être noire, elles ne devaient pas traîner. Elles firent tout de même une courte halte avant de reprendre la route.

Claire avait la sensation d'être suivie, elle sentait une présence, non loin d'elles. Elle essaya de se rassurer en se disant qu'après une telle épreuve il n'était pas rare de devenir paranoïaque. À plusieurs reprises, elle regarda du coin de l'œil au-dessus de son épaule. Morgane remarqua l'air apeuré de Claire et en fit part à Cécile. Les deux amies s'approchèrent de la jeune fille pour lui demander ce qu'il se passait. Elle leur raconta immédiatement ses angoisses. Cécile se retourna aussitôt, Morgane fit de même. Claire avait semé le doute, et la panique s'installa au sein du groupe. La tension atteignit vite son paroxysme. Les trois filles se hâtèrent pour regagner la civilisation, marchant d'un pas rapide et assuré, elles prenaient tout de même le temps d'observer derrière elles. L'effroi avait gagné les esprits. Cécile et Morgane ressentaient maintenant les mêmes angoisses que Claire, une présence était bien à leurs trousses.

Marshall venait de se réveiller. Il se sentait bizarre mais ne pouvait expliquer pourquoi. Il se leva et se dirigea vers l'entrée. Ses mouvements étaient lents, sa vision brouillée, quelque chose ne tournait pas rond. Il arriva dans le hall, une sensation de fraîcheur l'envahit. En tournant la tête vers la porte, il remarqua que celle-ci était grande ouverte. Il sortit sur le perron, inspecta les alentours, mais ne remarqua rien d'inhabituel. Lorsqu'il entra à nouveau dans la maison, un objet retint son attention. La statuette qui trônait sur le meuble était à présent sur le sol, en mille morceaux. Il n'avait pas souvenir de l'avoir fait tomber. Interloqué, il s'agenouilla devant les débris. Marshall avait l'étrange sensation que quelque chose clochait. Il jeta un coup d'œil un peu partout et remarqua vite des traces de pas sur le sol poussiéreux. Il les suivit, elles venaient de l'étage. Il se précipita immédiatement en haut. Il dut s'arrêter à plusieurs reprises pour reprendre son souffle. Une fois arrivé, il fouilla toutes les pièces avant de se rendre dans celle de Claire. En cherchant d'autres empreintes, il aperçut des gouttes de sang qui jonchaient le sol jusqu'à la chambre de sa prisonnière. Dans un boucan infernal, il détala à toute vitesse, poussa violemment la porte et hurla de rage en s'apercevant que le lit était vide.

La peur les paralysait. Elles n'arrivaient plus à bouger. Elles auraient voulu détaler à toute vitesse, mais leurs jambes restaient cependant immobiles. Claire sanglotait, elle sentait le sol s'enfoncer sous ses pieds. Elle tenta de recouvrer ses esprits et de se concentrer pour reprendre sa course. Ce n'est qu'après avoir réussi à faire le vide qu'elle discerna des voix à travers le bruissement des arbres.

— Fuyez, il arrive !

— Surtout, ne vous arrêtez pas, fuyez.

Un vent de terreur envahit Claire. Elle demanda avec une voix tremblante si Cécile et Morgane avaient elles aussi entendu les murmures. Les deux jeunes filles, prostrées sur le sol, bougeaient machinalement la tête en signe de négation. Claire leur dit de se calmer et de bien écouter. Avec difficulté, elles obéirent.

—Fuyez, il est sur vos traces, il ne vous laissera pas vous enfuir.

Elles poussèrent un cri d'horreur. Qui pouvait bien leur parler ? Il n'y avait personne d'autre, ici. Morgane secoua la tête, comme pour effacer de sa mémoire ce qu'elle venait d'entendre. Cécile, quant à elle, restait immobile, les yeux dans le vague, envoûtée par ces voix. Claire les ramena à la raison et leur hurla de courir le plus vite possible.

— Ne vous arrêtez sous aucun prétexte, même si je suis loin derrière vous. Compris ?

Les deux amies ne se firent pas prier, elles prirent leurs jambes à leur cou et foncèrent. Claire avait à peine eu le temps de se retourner que ses deux nouvelles amies étaient déjà loin. Elle se mit à courir avec difficulté, dans son dos elle percevait encore les chuchotements. Mais c'est un autre bruit qui lui glaça le sang. Elle l'avait déjà entendu auparavant mais n'arrivait pas à s'en souvenir. Il devenait de plus en plus fort et de plus en plus proche. À présent, elle était seule, Cécile et Morgane avaient disparu dans la nuit et elle ne pouvait compter que sur ce corps meurtri qui avait du mal à la faire tenir debout. Elle essaya néanmoins de faire abstraction de sa douleur, du bruit qui se rapprochait et des chuchotements qui devenaient de plus en plus insistants. Elle trébucha à plusieurs reprises, se releva et reprit sa course de plus belle. Au loin, elle aperçut quelques brèves lumières, elle n'était plus très loin, il fallait continuer. Un flash lui traversa le corps, une expression de terreur figea ses traits, elle savait maintenant ce qu'était ce bruit. Le visage couvert de larmes, elle hurla :

— Laissez-moi, pourquoi faites-vous ça ?

Ses paroles résonnèrent dans la pénombre, mais elle ne reçut aucune réponse.

Les voix continuèrent de plus belle.

— Fuyez, il n'est plus très loin, fuyez.

Pour la première fois depuis longtemps, Claire sentit la rage la parcourir. Elle donna son maximum. Une montée d'adrénaline transperça ses muscles et la fit détaler comme jamais.

Le vent s'était levé, et le crissement des feuilles sous ses pieds atténuait le bruit qui la pourchassait. Elle arriva enfin devant la vieille barque qui la ferait traverser et qui l'emmènerait sur l'autre berge. Son corps ne la soutenait plus. Elle devait se reposer un instant, même si une menace pesait sur elle. Son cœur faisait des bonds dans sa poitrine, elle avait du mal à respirer, et sa tête tournait dangereusement. Elle vacillait de droite à gauche en tentant de rester consciente, sa vision se troublait. Frissonnante, elle monta dans l'embarcation et avança sans trop voir où elle allait. Malgré l'étourdissement, elle réussit à atteindre l'autre côté et à quitter la forêt. Un soupir de soulagement effleura ses lèvres lacérées. Elle se traîna dans les rues désertes de Merleville, appelant à l'aide, suffoquant à chaque inspiration. Elle aperçut au loin la gare de bus. Plus que quelques mètres, et elle serait enfin en sécurité.

Soudain, elle sentit des mains lourdes s'abattre violemment sur ses épaules et l'emporter dans un tourbillon de douleur.

Que venait-il de se passer ? Elle était incapable de répondre. Pourquoi ne voyait-elle rien ? Elle ne pouvait le dire. La seule chose dont elle était sûre, c'était qu'une personne dotée d'une force surhumaine venait de l'arracher à sa liberté. Cette chose la transportait à vive allure dans les bois. Elle était ballottée avec violence entre les arbres, le sifflement du vent lui brisait les oreilles. Elle hurlait à pleins poumons. Les voix qu'elle avait entendues précédemment s'étaient transformées en cri de tristesse. Des sons aigus s'échappaient d'un peu partout, elle en avait le cœur brisé. Une atmosphère terrible régnait. Un ricanement effroyable émana du corps robuste qui la portait. Elle entendit une des voix murmurer, le son était saccadé et ressemblait fortement à de l'écho.

— C'est trop tard, il a toujours ce qu'il veut.

Une autre enchaîna.

— Fuir était ta seule chance.

En entendant ces paroles, elle comprit que sa pitoyable tentative d'évasion avait échoué, mais elle ne savait pas encore qui était le responsable de cet échec. Le chagrin la submergea. Cependant, une chose la consola, Cécile et Morgane avaient réussi à fuir, et avec un peu de chance, elles ramèneraient les secours jusqu'à elle. Seule ombre au tableau, savaient-elles que Claire avait échoué ? Cette question la plongea un peu plus dans les ténèbres.

La route lui avait paru durer une éternité. La douleur était infernale, et les voix l'assourdissaient. Elle atteignit le paroxysme de l'horreur en voyant la bâtisse s'allonger devant elle. Tout avait été vain. La vision de la maison lui assena le coup fatal, elle perdit connaissance.

Une douleur aiguë vint lui brûler la joue, suivie d'une autre. Elle ouvrit les yeux et vit avec stupeur que quelqu'un était en train de la gifler pour qu'elle se réveille. Une cascade de coups déferlait sur son être mutilé, suivis de sons inaudibles. Elle s'efforçait de rester éveillée pour qu'il s'arrête, mais après plusieurs tentatives elle s'effondra.

— Toutes les mêmes. Vous êtes à moi, mettez-vous ça dans la tête, répéta-t-il sans fin.

Claire ouvrit les yeux. Elle souffrait, mais les sévices avaient cessé. Elle apercevait désormais plus nettement la silhouette qui la surplombait. Elle avait quelque chose de familier, mais sa carrure était plus large, plus imposante. Elle voulut se redresser, mais l'épreuve était trop dure. Il attrapa d'un coup sec son bras et la hissa violemment contre le mur. Elle était désormais debout. Ses jambes tremblaient, mais elle s'efforçait de tenir la position. Son visage se déforma lorsqu'elle vit le visage de l'homme. Son allure était différente, comme s'il avait pris de la masse, mais elle le reconnaissait bien. Il était à présent robuste comme un roc, plus fort que jamais, et dans ses yeux se reflétait un débordement de haine. Elle n'était pas prête à découvrir ce qu'il lui réservait.

Une odeur de pourriture emplissait la maison, elle n'aurait su dire d'où celle-ci provenait, mais c'était horrible. Il la fixait en ricanant sauvagement, un air de satisfaction se dessinait sur sa figure. Son regard devenait insistant et désagréable. Soudain, dans le silence ambiant, il lui dit :

— Qu'est-ce que tu croyais ? Que tu pourrais fuir sans que je ne m'en rende compte ?

Un rire effroyable sortit de sa bouche, puis il poursuivit.

— J'ai une surprise pour toi. Tu as vu qui j'ai attrapé ?

Elle se retourna et vit avec stupeur Cécile et Morgane. Elles pleuraient abondamment et n'osaient pas croiser le regard de Claire.

Soudain, Cécile murmura :

— Désolée, tout est notre faute, on n'aurait jamais dû te mêler à ça.

Claire, décontenancée, ne pouvait pas répondre. Elle n'en voulait pas aux deux jeunes filles, au contraire, elles avaient essayé de la sauver.

— La ferme ! Je ne veux plus rien entendre, hurla-t-il.

Un silence macabre s'installa dans la demeure. Marshall enferma Cécile et Morgane dans une pièce à l'étage. Claire, quant à elle, prendrait ses nouveaux quartiers dans la chambre du bas. Il n'avait pas encore décidé de ce qu'il ferait de ces trois fugitives.

Claire n'était plus capable de marcher jusqu'à sa nouvelle cellule, alors il la traîna par les cheveux. Son corps raclait le sol. Le chemin jusqu'à sa geôle lui paraissait durer des heures. Lors de sa courte visite de la maison, elle n'avait pas souvenir d'être passée par ici. Son bourreau la trimbalait à travers un long, très long couloir. Elle leva les yeux et poussa immédiatement un cri de terreur. Une multitude de portraits trônaient sur toute la longueur du mur. Elle n'en croyait pas ses yeux, il y en avait des centaines, voire des milliers. Elle avait été incapable de tous les voir, tellement il y en avait. Soudain, Marshall se tourna vers elle, la souleva violemment et lui colla le visage sur un des tableaux. La douleur qu'elle ressentait était inqualifiable, mais lorsqu'elle aperçut le visage de cette femme, l'horreur fut bien pire. Là, devant elle, se dressait l'image de sa mère. Elle recula, et l'horreur continua. Juste à côté de celle-ci se trouvait également le portrait de Millie. À cet instant précis, elle fut incapable de contenir ses larmes, elle sombra soudain dans l'hystérie. Sans s'en

rendre compte, elle s'était mise à hurler, ne comprenant pas ce que cela signifiait. Planté face à elle, il
exultait. Marshall la fixait, un rictus aux coins des
lèvres. Incapable de se contrôler ou de se calmer, il la
secoua énergiquement avant de lui asséner une
énorme gifle. La violence du coup la projeta sur le sol.
Elle resta un moment immobile, étalée par terre, la
lèvre en sang. Son être tout entier était déconnecté,
elle ne ressentait plus rien. L'image de Claire affalée
sur le sol le faisait jubiler, il savourait ce moment avec
délectation. Une seule phrase sortit de sa bouche.
— Bienvenue dans le couloir des âmes.

16

Marshall resta là à l'observer pendant plusieurs minutes. Il avait conscience que la découverte de son couloir avait provoqué chez Claire la réaction qu'il espérait. Il ne pouvait pas laisser les choses s'estomper, il devait en rajouter une couche, et une bonne, cette fois. Enclin à lui faire des révélations, il lui dit :

— Pour ta mère, ça n'a pas été facile au début, jusqu'à ce que je me rende compte que c'était une sale fouineuse.

Claire ne comprenait pas un traître mot de ce qu'il disait.

— Nous nous sommes rencontrés il y a des années, elle était venue passer ses vacances à Gersandes. Nous avions pour habitude de nous retrouver à la chapelle de la Plume. C'était notre petit coin à nous. Tu te souviens, c'est celle sur la photo que tu as trouvée dans la caisse. À cette époque, je n'étais pas aussi doué qu'aujourd'hui. J'ai donc dû user de mes charmes pour arriver à mes fins.

Encore secouée par ce qu'elle avait vu, elle avait du mal à se focaliser sur l'histoire de Marshall, mais elle

165

savait exactement de quelle photo il lui parlait.

— On s'est écrit, ensuite, tu sais. Elle est revenue me voir une fois, après ta naissance, mais ce n'était plus comme avant, j'étais fort et assoiffé.

Il ricanait tel un fou.

— Elle n'était pas censée mettre son nez dans mes affaires. Ce jour-là, elle a eu le malheur de trouver ma pièce secrète et même mon grimoire. C'est grâce à ce dernier que j'ai su qu'une personne s'était introduite chez moi.

En entendant cette dernière phrase, Claire leva les yeux vers lui, impatiente de connaître la suite.

— Avec ta mère, c'était différent, il se passait quelque chose de plus. Je n'irais pas jusqu'à dire que j'éprouvais des sentiments pour elle, mais il y avait un truc. Malheureusement, lorsque j'ai compris qu'elle avait découvert des choses qui ne devaient pas l'être, je n'ai pas eu d'autre choix que de régler le problème. J'ai dû sévir.

Régler le problème ? Régler le problème ? Claire se répétait furieusement cette phrase dans sa tête. Elle voulut hurler, mais il fallait qu'il finisse son histoire. Elle brûlait de rage à l'intérieur, mais pas question de l'interrompre.

— Lors de sa dernière visite, elle s'est retrouvée seule dans la maison, pas très malin de ma part, je l'avoue. Elle en a profité pour jeter un coup d'œil, bien sûr.

Soudain, il s'arrêta, la fixa sauvagement dans les yeux et gueula :

— Vous êtes toutes les mêmes : curieuses, incapables de vous mêler de vos affaires.

Prostrée sur elle-même, elle espérait que sa fureur

s'atténue, mais il continua un bon moment. Une fois calmé, il poursuivit.

— Lorsque je suis rentré, je l'ai trouvée dans le hall, mon journal à la main.

Claire comprenait alors que sa mère avait découvert son vrai visage, mais elle savait aussi qu'il avait réussi à la faire taire.

— Tu sais, tout aurait pu être différent avec elle, du moins au début, bien sûr. Mais elle m'a démasqué. Le problème, c'est qu'elle ne savait pas que personne ne serait en mesure de me stopper. J'ai fait ce que j'avais à faire pour me protéger.

Les ongles enfoncés dans la chair de ses jambes, Claire s'efforçait de contenir sa fureur.

— J'ai dû user d'imagination pour la faire taire, mais j'y suis arrivé. Le problème, c'est que je me suis affaibli et…

Il ne termina pas sa phrase. Ses yeux couleur sang la fixaient toujours avec insistance, mais son esprit était ailleurs. Il marmonnait, à présent. Claire, quant à elle, repensait à sa mère, à la femme qui aurait pu tout arrêter. Elle savait que cela avait été peine perdue, mais elle ne pouvait s'empêcher d'y songer.

Après plusieurs minutes de divagation, il reprit ses esprits et continua comme si de rien n'était.

— Le journal ne pouvait pas tomber dans les mains de n'importe qui, il a fallu que je le récupère. Tu vois lequel ? Celui que tu as trouvé dans la petite pièce.

Abasourdie, elle ne pouvait prononcer un mot.

— Je vois que tu sais de quoi je parle. Je t'explique : une fois le médaillon porté ou le journal ouvert, je sais exactement tout.

Claire n'arrivait pas à y croire.

— La connexion, ma chère, la connexion. Du coup, je n'ai eu aucun mal à savoir qu'elle se trouvait chez moi et j'ai terminé le travail.

Il était loin d'en avoir fini avec elle. Il espérait la torturer davantage avec sa nouvelle confession. Marshall était son père. Il avait découvert cette information lors de la visite surprise de sa mère. Elle le lui avait révélé juste avant de mourir. « Sans doute espérait-elle être épargnée », lui lança-t-il avec dédain. Claire se sentait mourir à chaque fois qu'il ouvrait la bouche. Elle ne voulait plus l'entendre, mais elle devait écouter pour savoir. Marshall continua.

— Je me suis souvent demandé pourquoi je n'avais plus d'emprise sur elle et pourquoi je n'étais plus aussi fort qu'avant, mais lorsque j'ai su ça, tout est devenu clair dans mon esprit. Tu n'avais qu'une dizaine d'années, à l'époque, et j'aurais pu essayer de te tuer à ce moment précis, mais je t'ai vue, et là, cette ressemblance, tu n'imagines même pas ce que j'ai ressenti. Oui, ma chère, je suis venu te rendre une petite visite, mais tu n'as jamais été au courant.

Elle s'imaginait Marshall en train de l'espionner, lui le meurtrier de sa mère. Cette pensée la rendait folle.

— De plus, l'enjeu était trop important pour que je me permette d'échouer, alors j'ai soigneusement imaginé un plan pour que tu viennes à moi quand tu serais en âge de le faire.

Claire faillit vaciller, tout avait été prémédité. La caisse avec les affaires de sa mère qu'elle avait trouvée, les recherches qu'elle avait entreprises ensuite, il avait tout orchestré, tout calculé depuis des années pour qu'elle se retrouve ici. Elle en avait voulu à Millie, alors que toute cette machination venait de son esprit pervers. Elle était venue chercher des réponses sur la disparition de sa mère, elle espérait même secrètement la retrouver, mais à aucun moment elle ne s'était imaginée découvrir cette horrible vérité qu'elle ne pouvait supporter. Il ne lui laissa pas de répit. Il crachait son discours tel un venin mortel.

— Il était impensable pour moi de te tuer à distance, il fallait que ce soit fait de mes propres mains. Je n'aurais pas eu le plaisir de te voir lâcher ton dernier souffle. Bon, je l'avoue, quand j'ai vu l'état dans lequel tu étais ces derniers jours, j'ai pensé te laisser agoniser seule. Puis tu as essayé de t'enfuir, et là ma rage est redevenue intacte. Enfin, peu importe, continuons. N'oublions pas une chose, tu es ma fille, et mon sang coule dans tes veines. Je ne savais donc pas de quoi tu étais capable, mais à voir avec quelle facilité je t'ai amenée ici, je n'aurais pas dû m'inquiéter.

Claire avalait péniblement les informations qui lui parvenaient.

— Je te l'accorde, mon plan était diabolique mais sacrément ingénieux. Grâce à toi, je vais pouvoir aussi assouvir mon besoin de vengeance vis-à-vis de ta mère.

Elle ne comprenait pas le sens de sa phrase. Il ne tarda pas à lui expliquer.

— Quel meilleur moyen de me venger que de faire payer la fille. C'est aussi un bon entraînement pour moi. Je peux m'exercer avec mes pouvoirs sur toi, ce qui me permettra de passer à un niveau supérieur. Il y a également une autre raison à ta mort imminente, mais j'y reviendrai plus tard. Je ne vais pas dévoiler mon jeu en entier tout de suite. Il faut attiser le suspense.

Elle n'en revenait pas, il jouait avec ses nerfs et il adorait cela. Malgré toutes les choses qu'il venait de lui avouer, une question la tourmentait. Pourquoi sa grand-mère ? Et comment ?

— Voyons, Claire, réfléchis un peu, qu'est-ce que tu crois qu'il se serait passé si tu lui avais présenté Lucas ?

Tout se mélangeait dans sa tête, elle n'était pas sûre de comprendre le lien entre toute cette machination et Lucas, et d'ailleurs comment connaissait-il son existence ?

— Réfléchis…

Soudain, un flash inonda sa tête, et des scènes rapides défilèrent devant ses yeux.

— Tu veux en voir plus ?

Comment était-ce possible ? Elle se rendait compte qu'il lui balançait des scènes de sa vie à grande vitesse dans sa tête. Elle se rappelait alors l'imposante et puissante silhouette qui l'avait ramenée ici. Quand subitement tout devint limpide.

Le petit garçon qui lui avait tenu compagnie à la veillée pour sa mère, le jeune homme qui avait toujours été à ses côtés quand un malheur la frappait, celui qui l'avait aidé à poursuivre ses recherches, elle comprenait à présent pourquoi il n'avait pas pu l'accompagner en France. Elle s'était recroquevillée sur elle-même. L'accablante découverte qu'elle venait de faire s'enfonçait dans son esprit comme un poignard dans son cœur. Tout n'avait été que supercherie, tromperie et mensonge. Là, devant elle, se tenait l'homme qu'elle aimait comme un frère, l'homme pour qui elle aurait fait n'importe quoi. Celui qui venait de l'arracher à sa liberté pour la ramener dans cet enfer qu'ils partageraient, cet homme, c'était Lucas !

Cette révélation lui assena le coup fatal. Elle savait à présent pourquoi personne ne l'avait jamais vu et pour quelle raison il trouvait toujours une façon de se dérober.

— Alors, impressionnant, n'est-ce pas ? Une projection, voilà ce qu'était Lucas, une simple projection de ce que tu désirais.

Plongée dans l'horreur de cette confession, elle ne bougeait plus.

— Ça a toujours été moi, depuis le premier jour, sauf que mon apparence n'était pas la même. Mais il y a mieux, Merleville est à moi, c'est mon terrain de jeu. Je me suis surpris à avoir autant d'imagination.

Claire basculait un peu plus dans les ténèbres à chaque révélation. Encore sous le choc, elle n'arrivait plus à assimiler les confidences qui sortaient de son horrible bouche.

— Ma meilleure trouvaille, après Lucas bien sûr, a été M. Migor, je ne crois pas me tromper. Tu as cru devenir folle lorsque tu y es retournée, n'est-ce pas ?

Tordu, malsain, machiavélique... Elle énumérait une liste interminable d'adjectifs le caractérisant.

Sa seule réaction fut ce rictus qu'elle lui connaissait déjà. Soudain, elle se rappela les initiales en bas de la correspondance qu'elle avait trouvée dans les affaires de sa mère : LM. L'antiquaire qu'elle avait rencontré, Louis Migor, LM. Et Lucas qui n'était autre que Lucas Marshall, LM. Elle s'en voulait de n'avoir pas fait attention aux détails, mais c'était trop tard, maintenant.

Le gouffre au-dessus duquel elle se trouvait s'agrandissait chaque fois davantage et il commençait à se refermer peu à peu sur elle. Elle pensa au plan machiavélique qu'il avait échafaudé pour la posséder, elle savait que rien n'y personne n'aurait pu l'en empêcher. Toutes les routes l'auraient menée à lui.

17

L'esprit de Claire se perdait dans le tourbillon de paroles de Marshall. Elle avait tout essayé pour ne plus l'entendre, mais il était plus fort qu'elle. Il ne lui laissait aucune échappatoire. Elle n'avait jamais rencontré quelqu'un de si prompt à parler de lui. Il était d'une arrogance incroyable. Il se tenait debout devant elle, tel un conquérant. Il l'écœurait.

Après lui avoir fait ses révélations sordides sur la mort de ses proches, il se redressa fièrement. Elle devait voir sa nouvelle allure, il n'avait pas terminé de la torturer mentalement, et quelle joie de le faire avec l'apparence de Lucas. Il s'éclaircit la voix et arbora un air de supériorité déconcertant avant de lui raconter l'histoire de sa famille.

— J'ai grandi dans une famille aisée. Mon père était un homme d'affaires avisé. Il s'est bâti une petite fortune au fil des années. Ma mère est morte en me mettant au monde, mais je reviendrai plus tard sur ce point de détail.

Comment pouvait-il reléguer la mort de sa mère au second plan ? Elle connaissait maintenant un peu le personnage, mais de là à considérer la femme qui lui avait donné la vie comme un vulgaire détail, il y avait un monde. Pourtant, cela n'avait pas l'air de le déranger, au contraire, il continua son discours avec plus d'arrogance.

— J'ai reçu une éducation stricte. Mon père exigeait de moi un comportement exemplaire, et ce en tout temps. Il n'aimait pas perdre le contrôle sur quelque chose ni sur quelqu'un, alors tout devait filer droit.

Claire le regardait débiter son monologue sans pouvoir l'arrêter. Elle n'avait toujours pas digéré qu'il était son père, et là, elle devait l'écouter parler de sa famille. Ce qui la rendait malade, c'était que cette famille était malheureusement aussi la sienne. Il n'eut pas l'air de faire attention à ses états d'âme, il enchaîna de plus belle.

— Les Marshall descendent d'une longue lignée de mages noirs, comme nous aimons nous appeler. Depuis des centaines d'années, nous pratiquons en secret la magie noire. Cette science est connue et approuvée par nos ancêtres mâles, tu sais, et de plus elle a maintes fois fait ses preuves. Nous sommes passés maîtres dans l'art, aussi bien au niveau des rituels occultes que des sacrifices humains. Notre but étant d'acquérir la reconnaissance de nos pairs, la puissance mais également le pouvoir et l'argent. Le moyen par lequel nous y arrivons importe peu, la finalité étant d'y parvenir. Mes ancêtres étaient très puissants, et malgré l'enseignement que j'ai reçu, j'étais loin de comprendre toute la complexité de mon héritage. Il me fallait exceller dans ce domaine, alors je me suis tourné vers la seule personne capable de m'apporter l'aide nécessaire, mon père. Il m'a inculqué tout ce qu'il savait en la matière. Après des semaines d'acharnement, j'étais enfin prêt à pratiquer.

Un flot intarissable de paroles sortait de cet homme abject.

— Mais il y a mieux encore. À la majorité de l'enfant mâle, son père lui lègue à son tour le grimoire familial. Sorte de recueil réunissant toutes les incantations, rituels et sorts ainsi que la manière de les utiliser. Les garçons en plein apprentissage doivent scrupuleusement suivre les indications à la lettre. En plus de ce cadeau, le « Grand Maître », c'est le titre donné au patriarche au moment du legs, lui confère une partie de ses pouvoirs, la partie la plus sombre, la plus puissante et la plus démoniaque. Ce dernier quitte ensuite son corps physique pour n'être plus qu'un corps astral. Il peut ainsi régner dans le monde qu'il s'est créé de son vivant avec les âmes de ses victimes.

Claire était complètement dépassée par ses explications. Pourquoi lui racontait-il tout cela ? Pensait-il vraiment qu'elle en avait quelque chose à faire, de son histoire ? Il était lancé, et à voir l'air de satisfaction sur son visage, il n'était pas prêt de s'arrêter.

— Écoute bien, le meilleur reste à venir.

Le meilleur ? Ah parce que dans toute cette sombre machination et dans l'héritage sordide de cette famille, il y a quelque chose de bien qui se dégage ? On est en pleine hallucination, je vais me réveiller, ce n'est pas possible. Elle n'avait pas parlé à voix haute, elle ne voulait pas faire face à sa fureur. Elle n'avait pas d'autre choix que de le laisser continuer.

— Tu te souviens, tout à l'heure, lorsque je t'ai dit que je ne voulais pas dévoiler tout mon jeu ? Tiens-toi bien, car c'est le moment. Il existe deux clauses irrévocables à nos statuts. Les mages ne doivent en aucun cas donner naissance à une fille.

Claire laissa échapper un petit rire nerveux, elle n'avait pas réussi à se contrôler. Il la fixa sauvagement puis recommença à parler.

— Je disais donc qu'aucune fille ne doit voir le jour, sous peine de tout perdre pour le mage. Seul un garçon peut venir au monde pour qu'il puisse perpétrer la lignée.

Pour Claire, à présent, la conclusion était sans appel. Pour que Marshall garde ses pouvoirs, elle devait mourir. Il devait la tuer, car tant qu'elle était en vie, il s'affaiblissait. Une chose néanmoins la perturbait, pourquoi lui avoir mutilé le corps si la finalité était la mort ? Par plaisir ? Par envie ? Il lisait en elle comme dans un livre ouvert. Il lui révéla les raisons, plus satisfait que jamais.

— Nous devons procéder méthodiquement pour emprisonner l'âme de notre victime. Le rituel du passage consiste à graver sur sa peau des symboles que nous seuls comprenons. C'est un dialecte ancien qui nous est transmis de génération en génération. Ces dessins permettront ensuite, au moment des incantations, de séparer le corps de l'âme. Cette étape est primordiale pour réussir à piéger l'énergie restante et faire en sorte qu'elle se retrouve de l'autre côté. Tu me suis ? Pendant toute la durée de notre vie terrestre, nous préparons ce qui deviendra notre monde final.

Claire prit conscience que le processus était en marche pour elle, ce n'était plus qu'une question de temps avant qu'elle ne bascule vers cet enfer. Marshall continua son explication.

— C'est un peu technique je sais, mais revenons au

sujet qui nous intéresse. Je disais donc qu'une fois que le processus est achevé il n'y a plus de retour possible. Les esprits de nos proies sont alors prisonniers à jamais. Lorsqu'il y a passation de pouvoir, nous pouvons enfin les rejoindre.

Claire se consola en pensant que, pour le moment, celles qui se trouvaient de l'autre côté étaient certes captives mais que, par chance, il n'était pas près de les rejoindre. Du moins, jusqu'à ce qu'il donne naissance à un fils et que ce dernier ne soit majeur. Après ce petit cours magistral, il revint tranquillement à sa tirade de départ.

— La seconde clause, maintenant. Il faut que l'enfant mâle naisse de l'amour d'une mère. Pour cela, le mage doit séduire la femme choisie, mais elle doit surtout tomber amoureuse de lui.

Elle n'en croyait pas ses oreilles, tomber amoureuse d'un type de ce genre. Elle repensa alors à sa mère. Comment avait-elle fait pour succomber à son charme ? Il avait dû user de ses pouvoirs, elle ne voyait pas d'autre explication.

— Cette femme devient alors le porteur de l'enfant Roi, l'enfant unique. Lorsque ce garçon vient au monde, la mère est tuée. Tu sais, elle n'est plus d'aucune utilité, une fois le travail accompli.

Cette condition avait été respectée pour sa mère, mais pas la première, celle de lui donner un fils. De toute façon, la finalité aurait été la même, elle serait morte.

— Je t'ai dit avant que ma mère était décédée à ma naissance, tu comprends mieux pourquoi, maintenant.

Il lui avoua également qu'il avait été marié. Ce fut lors d'une soirée donnée en l'honneur de son père que

Marshall rencontra Françoise. Doté d'une capacité à manipuler les gens à sa guise, il ne lui avait pas fallu longtemps pour rendre cette femme amoureuse de lui. Il avait su à cet instant qu'il serait capable de grandes choses comme son père. Le couple s'était installé dans la maison dont Marshall avait hérité. La vie à deux ne s'était pas déroulée comme il l'avait imaginé. Accaparé par les révélations de son père, il passait la majeure partie de son temps enfermé dans la pièce dont lui seul connaissait l'existence. Françoise avait voulu à plusieurs reprises lui en parler, mais à chaque fois elle s'était rétractée. La vision de son mari revenant du sous-sol lui glaçait le sang. Il n'était plus le même, comme transformé. Son regard était celui d'une bête, d'un fou. Dans ces moments-là, elle le savait, il était capable du pire. Elle était terrorisée par l'étranger qui habitait le corps de son mari.

— Elle ne pouvait pas enfanter, à quoi m'aurait-elle servi ? Lorsque je l'ai appris, j'ai dérapé, ou du moins j'ai fait ce qu'il fallait. C'est ce jour-là que j'ai basculé de l'autre côté, celui dont on ne revient jamais.

Claire espérait qu'il passe sous silence les détails du meurtre de sa femme, mais elle savait qu'il en mourait d'envie.

— Je n'ai pas pu, mais surtout je n'ai pas voulu me retenir. Son cou se trouvait entre mes deux énormes mains, et j'ai serré de toutes mes forces. Je ne voulais plus la voir ni l'entendre s'excuser. Lorsque j'ai relâché mon étreinte, elle est tombée comme une vieille poupée de chiffon sur le sol. Pendant un moment, je l'ai fixée, inerte et enfin silencieuse. Je n'ai pas pu m'empêcher de rire.

Repensant à cet instant, son visage arborait ce

même sourire pervers et insensible.

— Sa mort a été pour moi une délivrance, un désir assouvi. La récompense et la révélation que j'attendais. Personne ne s'imaginait, et c'est encore vrai aujourd'hui, quel homme j'allais devenir et ce dont je serais capable. Je n'ai eu aucun mal à cacher sa mort, tu t'en doutes bien. J'étais de plus en plus fort et je maîtrisais de mieux en mieux mon art. C'est là, je crois, que j'ai su que j'entreprendrais de grandes choses et qu'il serait impossible pour les autres de me démasquer. Ma vie n'a plus été la même, après ça. Je me suis découvert un instinct de prédateur que je ne soupçonnais pas.

Claire était consciente qu'il avait ouvert une porte, ce jour-là, et qu'elle ne se refermerait pas. Ce qui en était sorti n'aurait jamais dû être libéré. Il finit par lui dire :

— Quand je pense que la seule femme à qui j'ai pu faire un enfant m'a donné une fille, ça me rend dingue. Mais ne t'inquiète pas, maintenant que je suis dans ce corps jeune et fort, ce n'est qu'une question de temps avant de pouvoir enfin élever un fils.

Marshall avait une telle assurance que cela en devenait presque risible. Il avait enfin terminé de déblatérer, et le silence gagna la maison.

Le monologue de Marshall n'avait réussi qu'à mettre une idée dans la tête de Claire, fuir le plus loin possible. Quitte à perdre la vie, de toute façon c'était ce qui l'attendait. Elle devait patienter. Lorsqu'elle serait seule, elle réfléchirait à un moyen de s'échapper. Plus décidée que jamais, elle le laissa la ramener jusqu'à sa nouvelle prison.

Il referma violemment la porte derrière lui et la

laissa là, étalée sur le sol. Elle resta immobile un moment, prostrée dans la terreur et plongée dans ses pensées les plus noires. Elle entendit soudain quelque chose provenant de l'extérieur. Elle se traîna tant bien que mal jusqu'à la fenêtre, tira le rideau et vit avec effroi une dizaine, peut-être plus, de silhouettes qui flottaient dans l'arrière-cour du jardin. Elle se frotta énergiquement les yeux. Elle regarda à nouveau et elle comprit que ce qu'elle voyait était réel. Elle pouvait même les entendre. Leurs voix ressemblaient étrangement à celles de la forêt. Elle s'approcha davantage.

— Tu resteras à jamais enfermée ici.

— Il fallait fuir, c'est trop tard maintenant.

Des gémissements effroyables sortaient de leurs bouches. Claire en eut le souffle coupé, la peur la tétanisa. Quand elle se retourna pour effacer cette image de sa mémoire, un cri horrible transperça ses lèvres.

— Comment est-ce possible ? Oh, mon dieu !

Soudain, tout devint clair dans sa tête.

— Je sais, moi aussi j'ai eu un choc en voyant ça, mais c'est ce qui pouvait arriver de mieux, lui susurra Marshall, sur le seuil de la porte.

Il ricanait en la dévisageant. Voilà pourquoi elles avaient pu s'enfuir sans difficulté et comment elles avaient réussi à prendre de l'avance sur leur bourreau. Tout devenait limpide, à présent. Ses yeux restaient écarquillés devant le lit, elle ne pouvait détourner le regard.

Une main glaciale lui tira le bras et l'entraîna à nouveau dans le hall. Son être meurtri traînait sur le sol. Il s'arrêta soudain devant la porte qui menait au sous-sol, il l'ouvrit puis il la souleva violemment pour la hisser sur son dos. Pendant qu'ils descendaient, Claire était ballottée dans tous les sens, sa tête heurta à plusieurs reprises les murs. En bas, une autre porte se dressait devant eux. Cette fois, c'est avec une déconcertante délicatesse qu'il saisit la poignée, la tourna doucement comme s'il voulait faire durer le suspense. Il l'ouvrit enfin et jeta Claire à terre sans ménagement. Encore sous le choc de sa violente chute, elle mit du temps à rassembler ses esprits. Lorsqu'elle réussit enfin, elle leva les yeux et faillit sombrer dans la folie. Après avoir vu le couloir des âmes, comme il l'appelait, elle ne pensait pas découvrir quelque chose de pire. Et pourtant, là, devant ses yeux injectés de larmes, des centaines de vitrines contenant des corps de femme. Il les avait conservés dans un état impeccable. Au-dessus de leur tête, un petit filet de lumière éclairait le tout, comme pour les mettre en valeur. Le musée des horreurs, voilà ce que c'était. Elle n'en revenait pas, il y en avait partout. La salle dans laquelle elle se trouvait devait bien faire la même superficie que l'étage, c'était incroyable. Claire ne pouvait même pas distinguer la fin de cet étalage, tant il y en avait. Quant à lui, il ne manquait pas une miette du spectacle. Voir Claire au bord du précipice, il adorait ça.

Marshall avait gardé le meilleur pour la fin. Il la poussa devant une des devantures, jusqu'à ce que son nez soit collé à la vitre et qu'il soit sûr que son regard croise celui de son occupante. Ce qu'elle vit en ouvrant les yeux ne fit que confirmer ce qu'elle redoutait. Là, exposée comme un mannequin en vitrine, Claire. Incapable de contempler cette abomination, elle rassembla le peu de force qui lui restait et se précipita vers la sortie. Elle monta les marches à toute allure, mais elle trébucha sur la dernière. Elle s'affala sur le sol, et son regard fut attiré par quelque chose de terrible. Sur le mur du couloir des âmes, son portrait venait d'apparaître sur la toile jadis blanche qui se trouvait à côté de celle de Millie. Dans un état second, elle observait une scène étrange se dérouler. À côté de son tableau, un nouveau cadre blanc venait d'émerger, et là elle comprit que tout allait recommencer. Dans un élan de lucidité, elle hurla :

— Mortes, toutes mortes !

Ses pensées se bousculèrent. Elle se remémora le moment où Cécile et Morgane étaient entrées dans sa chambre, d'ailleurs elle ne se souvenait pas d'avoir entendu le grincement de la porte. Comment étaient-elles entrées ? Elle venait d'avoir un flash, elle était bien sortie de cette maison en compagnie de ses deux nouvelles amies, mais pas leurs corps, seulement leurs esprits. Dans la pièce du bas, étendue sur le lit, se trouvait la carcasse pourrie de Marshall. Le bruit métallique qu'elle avait entendu dans la forêt, c'était la canne de ce dernier. Les chuchotements, ceux des autres victimes. Prisonnières à jamais de cet être démoniaque. Trop absorbée par sa découverte macabre, elle n'avait pas prêté attention aux dernières paroles de Marshall. Il ne voulait pas passer à côté d'une énième révélation choc.

— L'élève a dépassé le maître. La prouesse que je viens d'accomplir change la donne pour mes victimes mais surtout pour moi. Auparavant, aucun membre mâle de ma famille n'a été en mesure de passer d'un univers à l'autre sans mourir à la majorité de leur progéniture. Oui, mon corps tel que tu le connais est étendu sur ce lit, et oui, il est mort mais pas moi. Je ne suis plus une simple projection. Je peux donc naviguer entre les deux mondes à ma guise, grâce à cet homme jeune que je suis à présent. Mes pouvoirs sont sans limites.

Il avait changé d'aspect et avait revêtu l'apparence de Lucas, mais le supplice serait quand même sans fin. Un vent de panique la traversa. Elle ne quitterait jamais cet endroit, elle ne reverrait plus jamais la lumière du jour. Les ténèbres, voilà ce qui serait son quotidien, à présent. Elle était passée dans l'autre monde.

Un rire diabolique résonna dans les murs et une phrase retentit dans les ténèbres.

— Pour toujours !

Épilogue

Pour Claire, c'était une évidence, Marshall ne s'attendait pas à avoir une fille et encore moins la prendre avec lui pour l'éternité. Elle serait sans doute prisonnière à jamais, mais elle n'était pas prête à baisser les bras ni à abandonner si facilement. Si lui avait réussi, vivant ou mort, à faire de telles choses, elle en serait aussi capable, même dans l'autre monde. Après tout, elle partageait son ADN. Elle était sûre d'une chose, elle ne renoncerait pas. Il lui fallait trouver le moyen d'arrêter tout cela, et elle savait lequel : le journal de Marshall.